Obra de Gabriel García Márquez
1986

La aventura de Miguel Littín, clandestino en Chile

加西亚·马尔克斯 著
魏然 译

米格尔在智利的地下行动

南海出版公司

新经典文化股份有限公司
www.readinglife.com
出 品

目 录 | Contents

导语　　　　　　　　　　　　　　　　　　　　　　1

第一章　秘密重返智利　　　　　　　　　　　　　　5
乔装打扮
"要是笑了，你就死定了"
给皮诺切特装上一条长长的驴尾巴

第二章　最初的失落：城市繁荣　　　　　　　　　23
我难道是为此而来？
在我怀旧的中心
恐怖的死寂让人铭记

第三章　留下的人也是流亡者　　　　　45

三个被割喉者扳倒了一个将军

"你是乌拉圭人,值得庆贺"

留下的人也是流亡者

第四章　圣地亚哥的五个基准点　　　　63

圣地亚哥的五个基准点

街角偶遇:我的岳母!

这座桥见证了一切

第五章　大教堂前的自焚者　　　　　　81

塞巴斯蒂安·阿塞维多广场上永恒绽放的鲜花

在康塞普西翁,刮胡子绝非易事!

地狱里的爱情天堂

海鸥栖息的餐吧

第六章　两位永垂不朽的逝者：阿连德和聂鲁达　　101

两位虽死犹生的逝者

黑岛大地每时每刻都在震颤

"格拉齐雅飞升上天"

第七章　警方虎视眈眈：包围圈开始收紧　　117

精准测距：十首博莱罗舞曲

包围圈开始收紧

"先生，喜欢人家的翘臀吗？"

第八章　注意：有位将军准备说出一切　　135

会跳伞的老祖母

接近"通用电气"的漫漫长途

谁了解警方？

第九章　母亲也没认出我来　　151

"利廷回来了，拍完电影了，又离开了"

"为祖国的未来拍张照片吧"

"你一定是我儿子的朋友"

第十章　警方助力，皆大欢喜　　173

餐厅里的疯子

"要么撤离，要么潜伏"

两个寻找作者的非法旅客

导　语

　　一九八五年初，被列入五千个严禁归国者名单的智利电影导演米格尔·利廷，经过乔装打扮秘密潜入智利。他在那里待了六个星期，并拍摄了长达三万二千二百多米的胶片，记录了其祖国遭受十二年军事独裁统治的现状。利廷改变了容貌，调整了穿衣风格和说话方式，持有假证件，在智利地下民主组织的帮助和掩护下，深入祖国的领土展开调查，甚至潜入总统府拉莫内达宫内部。同期有三支欧洲摄制组各自持合法证件入境智利，供利廷调遣，此外他还指挥着六支国内抵抗组织的青年摄影队。这次地下行动的成果是一部长达四小时的电视片和一部两小时的电影，影片将于近期在世界

1

各地展映。

大约六个月前,当米格尔·利廷在马德里向我叙说他做了什么以及如何做到的时候,我意识到在他的电影背后还藏着另一部未被记录的佳作,而它有湮没无闻的风险。就这样,他接受了我几乎持续一星期的令人精疲力竭的访谈,磁带录音长达十八个小时。他叙说了自己完整的历险故事,以及所有专业性和政治性的见解。我将其压缩成十个章节,加以转述。

为了保护那些继续生活在智利境内的主角们,某些名字已做了改动,不少场景有所变化。我更倾向于保留第一人称的叙事方式,就如同利廷给我讲述时那样,我想以此保留他有时是很私密的个人腔调,既不轻率而戏剧性地添油加醋,也没狂妄地奢求记录历史。

文稿最终仍旧是我的风格,当然,一个作家不可与别人互换声音,何况是在他还不得不把超过六百页的初稿压缩至不到两百页的情形下。但很多时候我都试图保留原本叙事中所用的智利方言习语,在各方面尊重叙事人的想法,尽管这些想法并不总是和我的一致。

从调查方法和题材性质来看,这可算作一篇报告文学。

但它不止于此：这是一个以感性重构的冒险故事。这场冒险的最初目的是规避军事独裁统治下的种种风险，拍摄一部出色的影片，但它的最终结果无疑更加真挚动人。利廷本人曾说过："这不是我此生最英勇的行动，却是最值得做的事。"确实如此，我想他的伟大之处就在这里。

加夫列尔·加西亚·马尔克斯

第一章

秘密重返智利

智利拉德科航空公司115次航班从巴拉圭首都亚松森起飞，延误了一个多小时，马上就要在智利圣地亚哥机场降落了。左侧，将近七千米的高空中，阿空加瓜山在熠熠的月光下宛若一座钢岬。飞机以吓人的优雅姿态往左偏斜，继而在一阵暗哑的金属噪音中摆正了角度，又袋鼠似的连蹦三次，终于着陆。我，米格尔·利廷，埃尔南和克里斯蒂娜之子，智利电影导演，五千名严禁归国者之一，在流亡海外十二年后，终于再次踏上了祖国的土地，尽管此时此刻，我仍继续在自己的身体里流亡：我的身份是假的，护照是假的，甚至连妻子也是假的。我的面庞和外貌借由化妆和衣着而改变，甚至几天以后，我的生身母亲也没能在白天将我认出。

世上只有几个人知晓这个秘密，其中之一正与我坐在同一架飞机上。她就是埃莱娜，一名智利抵抗运动激进分子，年轻而富有魅力，受自己的组织委派，负责与国内地下秘密网络保持联系、安排私下接触和会面、选择恰当碰头地点、评估形势，并保障我们一行的安全。假如我被警方揭穿或失踪，或者超过二十四小时未能实现事先约定的联络，那么，她就得将我秘密潜回智利的情况公之于世，引起国际社会的警觉。虽然我俩的身份证件并无关联，但此前还是从马德里一道出发，足迹遍布半个地球的七座机场，俨然一对和睦的夫妻。不过，在这最后一段一个半小时的旅途中，我们决定分开就座，仿佛互不相识一般各自下飞机。她必须在我之后过海关，如此一来，万一我遇上任何麻烦，她好通知地下组织的人。倘若万事顺利，我们就重新扮作一对普通夫妇，从机场出口离开。

我们的目标在纸面上显得简单明了，但实践起来风险巨大：秘密拍摄一部讲述十二年军事独裁统治后智利现状的纪录片。这个想法盘踞于我脑海，是我思量已久的梦想，因为祖国的形象已在乡愁的迷雾中渐渐模糊。而对一个电影人来说，还有什么方法能比重返祖国拍摄一部电影，更准确地恢复失落的记忆呢？当智利政府开始公布几批获准回国的流亡者名单时，这个梦想变得更加紧迫了，而我的名字却没出现在任何一份名单上。后来情形愈发叫人绝望：又公布了一份严禁入境的五千人名单，我反倒赫然在列。这一拍摄计划最终得以实现，纯属偶然。我本已放弃两年多，不敢再奢望了。

那是一九八四年秋天，在西班牙巴斯克地区的圣塞巴斯蒂安。为筹拍一部故事片，我与妻子艾丽和三个孩子已经在这里住了六个月。计划中的影片，就像影史秘闻里许多夭折的影片一样，在开拍前一周就被制片人否决。一时间我不知何去何从。电影节期间，有一次跟朋友们在当地一家著名餐厅共进晚餐时，我又旧梦重提。席间，朋友们饶有兴味地听着，不时穿插议论，他们觉得这个拍摄计划不仅政治意味明显，还能把独裁者皮诺切特不可一世的模样嘲弄一番。但除了将这一夙愿权当流亡者的幻想，没人另作他想。然而午夜时分，当我们沿着老城沉睡的街道散步回家时，此前在餐桌旁几乎未曾发言的意大利制片人卢西亚诺·巴尔杜奇牵住我的胳膊，貌似不经意地把我拽离人群。

"能帮你的人，"他对我说，"正在巴黎等你。"

的确如此。我需要的那人在智利国内抵抗运动中享有很高的地位，他原先的计划跟我的想法仅有形式上的细微差别。在巴黎穹顶餐厅的社交场上，我与他深谈了四个小时，卢西亚诺·巴尔杜奇也在旁边积极出谋划策。这足以让心底酝酿已久的梦想变为现实，有些地方甚至精确到了细节，而原先，它不过是流亡者在难眠之夜辗转反侧时不切实际的空想。

第一步是向智利派去三支摄制组，为拍摄做基本的准备：一组意大利的，一组法国的，最后一组可来自任一欧洲国家，但须持荷兰证件。所有团队都应合法，持有许可证，并照例获得各国使馆的保护。意大利摄制组最好由一名女记者领队，名目是拍摄一部意大利移民在智利的纪录片，着重于建筑大师华金·托埃斯卡的杰作——智利总统府拉莫内达宫就出自他的设计。法国摄制组应当对外宣称要拍摄一部有关智利地理的生态纪录片。第三支小组则以考察最近发生的几场地震为掩护。任何一组都不该知道还存在另外两支摄制组；任何小组成员也不允许知道实际目标是什么，以及谁是幕后主使，除了每组的负责人。负责人应是自己领域内足够知名的专业人士，有政治修养，能意识到眼前任务的风险。这是最简单的部分了，为了提前布置，我首先对每个小组的所在国来了一趟短途旅行。三支摄制组办妥了审批手续，也签署了合同，早已在智利境内准备就绪，只待我抵达智利的那一晚下达指示。

乔装打扮

实际上，对我来说最艰难的任务是如何变成另外一个人。改变个性是一种日常的斗争。在这场斗争中，你总要违拗自己不想改变、执意回归自我的心愿。因此最大的困难不是预先设想中的训练和模仿，而是改变了体态和行为举止后，如何克服下意识的抵抗。我不得不勉强自己，放弃惯常的秉性，伪装成另一个非常不一样的人，好叫那些迫使我流亡异乡的警察不会生疑，甚至要让亲友见面时也难以辨认。在一位智利国内赫赫有名的秘密行动专家的指导下，两名心理学家连同一位电影化妆师，在不到三个星期的时间里，与我想保持自我的本能意愿做了不懈的斗争，最终创造了奇迹。

先从胡须入手。这可不是简单的剃光胡子的问题，而是要我摆脱因胡子而塑造的个性。自从青年时代拍摄第一部影片起，我就开始留胡子，虽然后来剃掉过几回，但从没有在拍电影时不蓄须的。胡子似乎成了我导演身份不可分割的一部分。况且我的叔伯们都留胡子，这无疑增进了我对胡须的感情。几年前，我在墨西哥曾经剃光过胡子，但始终没能让朋友和家人接受我的新面孔，连我自己也觉得难以接受。大家都有一种跟个冒名顶替的外人在一起的感觉，不过我还是坚持不蓄须，自以为这样更显年轻。还是小女儿卡塔丽娜打消了我的错觉。

"剃掉胡子，你是看起来更年轻，"她对我说，"但也更丑了。"

因此为了入境智利而再次剃掉胡须，就不光是准备剃须泡沫和剃刀的问题，而是一个深度隐藏个性的过程。我的化妆师们先是一点点地把胡须剪短，观察每一步变化，估量每一次修剪会给我的外貌和性格带来什么样的效果，直至最后把胡须剃净。过了好几天我才鼓起勇气照镜子。

第二步是头发。我头发是乌黑的，这一点继承自希腊裔的母亲和巴勒斯坦裔的父亲。我也遗传了父亲过早谢顶的毛病。起先，化妆师想把头发染成浅棕色，之后又试了几种梳法的发型，最后决定不违背自然走势。至于谢顶，他们没有像开始打算的那样掩盖这个问题，反而决定更突出这一点，不仅把头发平顺地往后梳，还用镊子拔干净多年来已经严重脱发的部分。

说起来没人信，但就是那几处几乎难以察觉的调整改变了整个脸型。虽然当时减掉了几公斤，可我还是面如满月，但把眉梢修短以后，脸型就显得长了。奇特的是，这让我样貌中与生俱来的东方人特征更明显了，倒是更契合我的家族背景。最后一步是配上有度数的眼镜。最初几天，眼镜让我头疼得厉害，但它不仅改变了我的眼形，还改变了目光的表达方式。

调整体态造型是最容易的，但需要我付出更多精神上的努力。面部改造本质上是化妆师的事，但身体改造则需要特殊的心理训练，需要更集中注意力，因为我不得不从根本上接受阶级身份的转换。平时我总穿牛仔裤和猎装夹克，现在我得习惯穿整套由英国毛料缝制的欧洲名牌西装，还有量身定制的衬衫、麂皮皮鞋和意大利印花领带。还得改变我那疾风骤雨般的智利农民口音，学习乌拉圭富商的说话节奏——

乌拉圭国籍最适合我的新身份。还得学会压抑带个人特征的笑声，学会慢慢踱步，学会在对话中使用手势以显得更有说服力。简而言之，我得放弃从前一贯不墨守成规的穷导演做派，把自己变成在这世上最不屑为之的角色：一个自鸣得意的资本家。在智利，我们管这类人叫：行尸走肉。

"要是笑了，你就死定了"

在乔装变成另一个人的同时，我还得住在巴黎十六区的一栋公寓里，学习与埃莱娜一起生活。有生以来我头一次违拗自己，顺从别人设定的一套规矩。此外，为了从当时八十七公斤的体重减下去十公斤，我还得像乞丐似的节食。这栋房子不是我的家，而且与我家毫无相似之处，但在规定的记忆里，它必须是我的家。住在这里是为了培植一套记忆，以免将来说漏嘴。这是我人生当中最奇特的一段经历，因为我很快发现，埃莱娜在私人生活中既友善又严肃，但我绝不可能跟她共处一室。专家们之所以挑选她，是因为她的职业经验与政治素养，她能把我限定在一条轨道上，不给我留随意发挥的空间。作为一名主张自由的艺术创作者，我可不欣赏这一套。后来，当一切进展顺利，我才意识到自己对埃莱娜的态度不够公平。或许我下意识地将她和另一个自我的世界混同了。我拒绝屈就那个世界，即便明知眼前的处境可谓命悬一线。如今回想起那段奇特的经历，我自问，当一切过去后，这场婚姻可否算得上是典范：待在同一片屋檐下时，我们几乎总是无法忍受对方。

埃莱娜没有身份问题。她是智利人，尽管近十五年都没在智利长期居住过。但她也从未流亡，没被全世界任何国家的警察追踪，因此她的掩护是毫无破绽的。埃莱娜曾在不同国家执行过许多重要的政治任务，而在自己国家拍摄一部地下电影的主意激起了她的兴趣。难题在于我的身份。出于技术上的考虑，乌拉圭国籍再合适不过，因此我被迫习得一套跟自己全然不同的性格特征，再编造一套发生在我不熟悉的国家的个人经历。不过，在预定日期之前，我已练就了一旦有人叫我的假名就立刻转头的本事，也能回答有关乌拉圭首都蒙得维的亚城最刁钻的问题，例如该乘哪一路公交车回家，甚至二十五年前我"曾就读"的第十一中学的同学们各自家庭情况如何，我还能说出坐落于意大利街上的这所中学相隔两个街区的地方有一家药店，隔一个街区的地方有一家新建的超市。唯一需要刻意避免的是笑，因为我笑起来实在太特别了，即便化了妆也会暴露自己。因此，乔装易容这项任务的负责人尽可能富于戏剧性地告诫我："要是笑了，你就死定了。"不过，一个操持大宗生意的国际大亨长着一张无法挤出笑容的铁面，倒也不足为奇。

那段日子出现了一个未曾料到的变故。智利政府宣布实施一项新的戒严令，这对执行计划的时机有所影响。独裁政府因为芝加哥学派经济冒险的显著失败而威信受损，所以启用戒严的办法来对付联合起来的反抗力量。独裁政权建立以来，智利境内各方抵抗力量第一次形成了统一阵线。一九八三年五月，爆发了第一波街头抗议事件，其后反复持续了一整年，许多斗争经验丰富的青年，特别是妇女都参与进来，但抗议也遭到了血腥镇压。资产阶级当中最为进步的力量第一次加入到抵抗阵营中来，与合法的、不合法的力量联合在一起，发动了持续一天的全国总罢工。全社会显示出的力量和决心激怒了独裁政府，政府提前启动了戒严令。气急败坏的皮诺切特像表演舞台剧似的发出一阵叫嚣，他的话在世界各地激起回响：

"再这样闹下去,我们要再搞一场'九一一'①行动!"

这种局面看起来的确对我们的拍摄工作有利:这部影片就是要抓住国内的现实动向,甚至是外人看不到的因素。但同时,警察管制肯定更加森严,镇压也会更加残酷,受宵禁影响,留给拍摄的时间将大为缩短。不过,国内抵抗组织分析了形势的方方面面,结果如我所愿,鼓励继续推进方案。于是,我们顺利在预定好的日子扬帆起航。

给皮诺切特装上一条长长的驴尾巴

第一场严峻的考验发生在从马德里机场出发的那天。我已经有一个多月没见过妻子艾丽和孩子们了。三个孩子分别叫玻奇、小米格尔和卡塔丽娜。这段日子我甚至都不能直接获得他们的音讯,安保负责人的意思是不辞而别,省得跟他们告别时生出枝节。此外,在最初构想时,既然要保证所有

---

① 指智利"9·11"。1973 年 9 月 11 日,皮诺切特将军发动政变,空军轰炸了智利总统府,阿连德总统惨遭杀害。皮诺切特上台,开始了对智利的军事独裁统治。

人平安无事，那么我的家人最好干脆不知情。但不久我们就意识到这么做没意义。和预想的相反，说到后勤工作，谁也比不上艾丽能干。她在马德里和巴黎、巴黎和罗马之间往返，甚至后来还飞到布宜诺斯艾利斯，接收和处理我从智利国内一点点送出的素材，甚至在必要时帮我筹措拍摄所需的补充资金。事实如此。

另一方面，我女儿卡塔丽娜在筹备的最初阶段就发现，我卧室里堆放着一套套跟我的穿衣风格甚至个性截然不符的新衣服。她如此紧张不安，好奇心那么重，我别无选择，只能把孩子们叫到一起，将我的计划说给他们听。孩子们听了很兴奋，有一种入伙成为同谋的高兴劲儿。以往为了家庭娱乐，我们偶尔会拍摄一些短片，此时他们仿佛又加入到了这类拍摄当中。然而在机场时，他们发现我变成了一个教士打扮的乌拉圭人，跟我本人差异极大。他们，包括我自己，才意识到，眼下是一部发生在现实中的电影，既重要又危险，大家脑海中都闪过同样的念头。但孩子们的反应却是一致的。

"最要紧的，"他们对我说，"是给皮诺切特装上一条长长的驴尾巴。"他们说的是那个众所周知的儿童游戏：蒙上眼睛的孩子要准确地把尾巴贴到纸驴的屁股上。

"一定做到，"我估量着将要拍摄的电影胶片的长度，回答说，"驴尾巴差不多会有七千米长。"

一周之后，我和埃莱娜在智利首都圣地亚哥着陆。出于技术考虑，在没有预先固定行程的情况下，这趟旅行涵盖七座欧洲城市，这是为了让我凭借一本无懈可击的护照来适应新身份。那其实是一本真实的乌拉圭护照，合法持证人的姓名和所有信息都是真实的。护照主人把它当作一份政治贡献交给我们，他知道护照将被篡改，用来帮助他人入境智利。我们唯一要做的是把原先的照片换成我本人乔装打扮之后的证件照。我的行头都是依照这个假名字准备的：我的衬衫上绣着名字首字母交织而成的图案，我的公文包、名片和信纸上也印有姓名缩写。经过好几个小时的练习，我已学会了毫不迟疑地写下他的签名。由于时间仓促，唯一不能解决的是来不及办一张信用卡。这是个危险的纰漏，因为以我所扮演角色的身份，没道理拿着美元现金来购买旅途当中的几张机票。

尽管实际生活里的种种不合保准叫我们两天内就闹离婚，但我和埃莱娜仍学会了勉强迁就彼此，表现得像一对能克服任何糟糕的家庭冲突的夫妻。我俩都熟知对方虚构的身份、虚构的过去和虚构的资产阶级趣味,我想,就算遭受深度审讯,我俩也不会犯什么严重的错误。我们编造出来的故事完美无缺。我们的身份是一家总部设在巴黎的广告公司的负责人,眼下率领一支摄制组到智利为一款新品香水拍摄广告,这款香水计划于次年秋天投放欧洲市场。之所以选择智利,是因为这里一年到头任何时节都能同时找到截然不同的四季景色与风貌,从炎热的海滩到终年不化的雪峰一应俱全,这样的国家全球少有。抵达智利时,埃莱娜身穿高档欧洲时装,风度迷人,神态自若,跟他们在巴黎介绍给我的那位姑娘简直判若两人:那时,她披着蓬松的头发,穿着苏格兰裙,脚上是女学生常穿的软皮鞋。我原以为披着企业家的新外套应该还算舒适,但瞥见马德里机场一扇玻璃窗里映出的形象,端详穿着两件套深色西装、竖着衬衫硬领、系着领带的自己,那副实业大亨的派头实在叫人反胃。"真可怕!"我心想,"要是我没能成为自己,不就沦落成这副模样了?"那一刻,旧身份遗留给我的唯一物件是一本几乎翻烂的书,阿莱霍·卡彭铁尔[①]的伟大小说《消失了的足迹》。十五年来,这本书始

---

① 阿莱霍·卡彭铁尔(Alejo Carpentier,1904–1980),古巴小说家、散文家、文学评论家、新闻记者和音乐理论家,被誉为"拉美文学小说的先行者"。

终放在我的行李箱里，在每一场旅程中陪伴着我，帮我抵御飞行期间无法克制的恐惧。然而这一回，我还得忍受全世界不同机场的出入境检查，学会克服那本陌生护照带来的紧张感。

第一站是日内瓦，一切顺利，但我知道，余生我肯定永远忘不了这般场景：移民局官员相当仔细地检查护照，几乎一页一页地翻看，最后抬眼端详我，跟照片作比对。我屏住呼吸，凝视那些官员的眼睛，尽管那本护照上唯一属于我的凭证就是那张照片。这倒是一剂猛药。自此之后，直到飞机在智利圣地亚哥机场开启舱门，我再也没遭遇过那种反胃、心悸的感觉。舱门外一片死寂，十二年后，我再次感受到从安第斯山麓吹来的寒冷的空气。机场大楼外墙上挂着一行蓝色巨幅标语："智利在秩序与和平中前进。"我瞥了一眼手表：距离宵禁开始，还剩不到一个小时。

第二章

最初的失落：

城市繁荣

移民局官员翻开我护照的那一刻，我有一种清晰的预感：只要他抬头与我四目相对，就会发现护照有伪造的痕迹。入境处有三个窗口，每个窗口里都坐着一名没穿制服的男子，我选择的是最年轻的那位，因为据我观察，他的动作最麻利。埃莱娜排到别的队里去了，仿佛我们互不相识，这样，假如其中一人遇到麻烦，另外一人可以出机场向外界求救。其实没这个必要，因为移民局官员们显然比旅客还着急：他们也不想赶上宵禁，所以几乎不怎么查验证件。给我办手续的那位移民官甚至都没翻看签证，因为他知道邻国乌拉圭的公民入境根本不需要签证。他翻到第一张空白页，在上面盖上入境章，但退还护照时，他直勾勾地盯着我的眼睛，顿时让我五脏六腑都冻住了。

"多谢。"我语调坚定地说。

他报以灿烂的笑容，回应说：

"欢迎入境。"

行李很快就送出来了，跟世界上的其他机场相比，速度可谓惊人，因为海关办事员也想赶在宵禁之前回家。我拿起自己的行李，随后也取走了埃莱娜的箱子（这是事前商量妥的，我一人先拿行李出机场可以节省时间），拖着两件行李往海关检查台走。检查人员更不愿赶上宵禁，比旅客还着急，不但不翻检行李，反而催促旅客动作快些。我正准备把自己的箱子放上去，那个办事员问我：

"一个人旅行？"

我回答说是。他朝那两件行李快速扫了一眼，随即不耐烦地命令道："行了，走吧。"但有一位我此前没留意的女主管——穿着双排扣制服，一头金发，模样雄赳赳的——从里面吆喝道："检查一下那个人！"直到那一刻，我才突然意识到，我没办法解释为什么行李中有女装。而且我也弄不明白，为什么在众多行色匆匆的旅客中间，女主管偏偏挑出我来检查，除了行李，应该没什么特别的或更严重的纰漏了。那个男办事员翻检我箱子里的衣物时，女主管拿去了我的护照，细细查看。我想起身上还揣着一块飞机降落前发的硬糖，于是摸出来含进嘴里，因为我知道他们会提问，而我担心我模仿的乌拉圭口音掩饰不住真正的智利身份。那个男的先问我：

"先生，你要在这儿待几天？"

"挺长一阵子吧。"我支吾了一句。

嘴里含着糖块，连我自己都听不清嘟哝了些什么，不过那位办事员也没留意，只要求我打开另一只箱子。但另一只箱子有锁。我不知该怎么办，心焦地四下张望，搜寻埃莱娜，发现她无动于衷地挤在另一排入境者的队伍里，似乎对近在咫尺的这一幕漠不关心。我第一次意识到，我多么需要她的协助啊，不仅在这一刻需要，在整个冒险历程中都是如此。我正准备坦白说出那位女士才是这只行李箱真正的主人，完全没有思考这个轻率的决定会造成什么后果，而就在此时，女主管却把护照递还给我，指示继续检查后面的行李。我回头再看埃莱娜，却不见她的踪影。

这个奇特的情况，至今我们仍无法解释：当时埃莱娜如何离开我视线并无影无踪。后来她对我说,她排队时就瞧见我拎走了她的行李箱,起初也觉得我的做法不谨慎,等到见我顺利出了海关,她也就放心了。在出口有一名推行李车的服务生接过了我的箱子,我跟着他往外走,穿过空空荡荡的大厅,遭遇了回国之后的第一次冲击。

预想中的军事化迹象我一点儿也没看见,也没发现丝毫贫困的痕迹。当然,我们抵达的并不是那座庞大而阴沉的洛斯塞里略斯旧机场。十二年前,十月的一个阴雨之夜,我行色仓皇、惴惴不安地从那座机场出发,开始了流亡生涯。而此刻我们到达的是现代化的普达韦尔机场,政变之前,我仅匆匆来过这里一次。但无论如何,最初的感受并不是我的主观印象。我没在任何地方见到预想的武装设施,特别是那个时期还在实行戒严令。机场干净整洁,灯火通明,色彩鲜艳的广告招牌和进口商品琳琅满目的大型商店随处可见。甚至,目之所及,一个给迷路游客指路的热心警察都没有。站台上等候乘客的出租车也不再是破烂的旧车,而是换上了清一色的日本新款轿车,车型一致,秩序井然。

但眼下不是琢磨这些的时候,埃莱娜还没露面,我已把两件行李放到了出租车上,腕表上的指针飞速移向宵禁时刻,快得让人晕眩。还有另一件事叫我犹疑不决。根据约定的规矩，倘若两人中的一个不能脱身，另一个应该继续前行，并拨打事先记好的用于紧急情况的电话号码。但此刻我很难决定是否单独行动，况且我们也没商量好入住哪家旅馆。入境单上，我填写的是征服者酒店，往来首都的客商常去这家旅馆，这个安排也最符合我们的假身份。此外，我知道意大利摄制组也住在那里，但这一点埃莱娜恐怕并不知情。

心里焦急，室外寒冷，我不禁发起抖来，正打算不再等了，却望见埃莱娜朝我跑来，还有个身穿便装的男人在她身后紧追，手里扬着一件深色雨衣。我一下子愣住了，头脑中盘算着最坏的情况。可最终那男的赶上她，却只是把雨衣递给了她，说是她刚才落在海关检查台上的。埃莱娜耽误了时间其实另有原因：她旅行却没有托运行李，被刚才那位凶神恶煞的女主管盯上了，于是检查人员对她手提箱里的所有物品，从身份证件到洗漱用品，一一细致排查。不过他们当然想不到，她手提箱里的日本袖珍收音机其实也是一件武器，只要调到特定的频率，我们就能跟智利境内的抵抗组织联络。然而那一刻，我比她还焦急，因为我估计她在机场已耽搁了半个多小时；但在出租车上，她向我证明说其实不过晚到了六分钟。出租车司机听到我们的交谈，叫我大可放心，因为距离宵禁开始并不像我以为的只剩二十分钟，其实还差八十分钟呢。我的手表没有调，还是里约热内卢时间。实际上，那一刻是当晚十点四十分，夜色凝重而阴冷。

我难道是为此而来？

随着我们驶入城区，原先设想中重返故乡时噙满泪水的喜悦渐渐被一种不安的心情所取代。事实上，通往洛斯塞里略斯旧机场的路是一条老路，会穿过工业带和贫民区，军事独裁期间，这片区域多次遭到了血腥镇压。而现在连接新国际机场的路是一条灯火通明的高速公路，条件和世界发达国家不相上下。对于像我这样的人来说，这是个令人失望的开端，我原先不仅坚信独裁统治丑恶，还指望在街头、在日常生活中、在人们举手投足间观察到暴政的失败，并用摄影机记录下来，传播到全世界。但现在我们每前进一米，起先的沉痛便一点点化成了明显的失望。埃莱娜后来承认，尽管那一段时间她曾多次回国，但对此也同样感到了不安。

不仅如此。圣地亚哥跟我流亡海外时所听到的情况正相反，它仿佛已是一座璀璨的都市，聚光灯下的纪念碑令人肃然起敬，街面上整洁有序。警察还不及巴黎或纽约街头常见。一眼望去似乎没有尽头的贝尔纳多·奥希金斯大街宛如一条光的河流，在我们眼前徐徐铺开。大街起始处是历史悠久的中央车站，由巴黎铁塔的建筑师古斯塔夫·埃菲尔设计。甚至连对面人行道旁那些憔悴的站街女也不像过去那般可怜、悲戚了。突然，在我这一侧的窗边，总统府拉莫内达宫仿佛不受欢迎的幽灵般赫然显现。我上一次见到它时，这座建筑已是覆满灰烬的空壳，而如今，总统府整饬一新，重新启用，似乎成了一座法式花园深处的梦幻宫邸。

城市的地标建筑渐次排列，从车窗前一一掠过。富豪们聚集一堂操纵传统政治戏码的联盟俱乐部，智利大学昏暗的玻璃窗，圣方济各教堂，国家图书馆的雄伟殿堂，巴黎百货商场。在我身旁，埃莱娜正忙着处理现实的生活问题，她费尽唇舌劝说司机把我们送到征服者酒店，因为司机执意要把我俩送到另外一家旅馆。显然，那家旅馆付钱让他拉客。埃莱娜处理得很有分寸，既不说冒犯司机的话，也不做让他起疑的举动，因为圣地亚哥的出租车司机有不少是警方的眼线。

我晕晕乎乎，还是不插话为妙。

驶向市中心的路上，我不再去欣赏辉煌的街景，独裁政府意图用这种繁华来洗刷四万多人遇害、两千多人失踪、百万人去国流亡的血污。相反，我专注地看人，注意到行人大都以非同寻常的速度匆匆疾走，大概是因为宵禁时间快到了。但让我有感于心的情景不止于此。灵魂就写在行人被寒风肆意吹过的面孔上。没人讲话，没人看着确切的方向，没人打手势侃侃而谈，也没人满面笑容。没有一个人不是躲藏在深色外套里，以防任何细微的动作泄露了内心，仿佛每个人都孤零零地行走在一座陌生的城市里。街上尽是空白的面孔，什么也不流露，连恐惧也没有。于是我的心理状态开始变了，忍不住想离开出租车，混迹于人群当中。埃莱娜给了我各种理智的警告，但因为怕被司机听见，又不能表现得太突兀。我被不可抑制的情绪控制了，让司机停车，下来，猛地关上车门。

我顾不得宵禁将至，径直往前走了不过两百米，但头一百米的见闻便足以让我恢复对自己城市的记忆。我走过国家街，走过孤儿街，穿过整片已禁止机动车通行的步行街区——就像布宜诺斯艾利斯的佛罗里达大街、罗马的孔多蒂大道、巴黎的博布尔广场和墨西哥城的玫瑰区一样。这片街区是独裁统治制造出来的另一样杰作，尽管布置了供行人休憩闲谈的长椅、闪耀欢乐光彩的霓虹、精心打理的花坛，但现实清楚说明了一切。只有三三两两的人在角落里交谈，而且把声音压得很低，以免隔墙有耳，被独裁政府分散各处的暗探听见。有几个摊贩沿街兜售你能想得到的各色便宜货，还有许多孩子向行人讨钱。然而，最引我注意的是那些福音派传教士，他们向愿意听其胡诌的寥寥几位行人推销能带来永恒好运的秘方。突然，在一个街道转角，我跟一名巡警撞了个正着，那是我回国后碰见的第一个警察。他十分镇定地从人行道的一头踱到另一头，而在孤儿街转角的岗亭里还有几个警察。我的胃里泛起一阵空落落的感觉，膝关节也有些不听使唤。每次碰见警察，我都会产生这种反应，一想到这个就让我恼火。不过，我很快发现，警察自己也很紧张，他们眼神疑虑地注视着来往行人。他们比我更加恐惧，这个发现让我倍感宽慰。警察的疑虑是有道理的。我的智利之旅才开始没几天，地下抵抗组织就炸毁了那座岗亭。

在我怀旧的中心

　　那里全是我过往生活的核心记忆。那边是令我难忘的电视台和视听局的旧楼，我正是从那儿开始了我的电影生涯。再过去是戏剧学院，十七岁那年，我从外省赶来，参加了一场决定我人生的入学考试。那里也是我们组织人民团结①政治集会的地方，我在那里度过了最艰苦而意义非凡的岁月。再往前走，经过城市电影院，就在这里，我第一次观看了那批至今仍激励我拍摄电影的大师之作，其中最难以忘怀的是《广岛之恋》。突然，有人哼唱着巴勃罗·米拉内斯②的名曲从身边走过，就是那首《我将再次踏上圣地亚哥淌血的街》。这个巧合太意味深长了，我觉得如鲠在喉，几乎克制不住。一阵侵入骨髓的颤抖让我忘记了时间，忘记了自己的身份，忘记了隐蔽潜伏的处境；那一瞬，我又重新找回了自己的城市，变回了我自己。当时我真想用尽全力喊出自己的名字，

---

①人民团结（Unidad Popular），智利历史上的一个左翼政党联盟，成立于1969年，前身为人民行动阵线，该联盟推举的候选人萨尔瓦多·阿连德于1970年当选智利总统。1973年，皮诺切特的军事政变推翻了人民团结政府。1981年该联盟解散。
②巴勃罗·米拉内斯（Pablo Milanés, 1943– ），古巴歌手、作曲家，古巴新情歌运动的奠基人之一。

告诉别人我是谁,为了争取回家的权利,我愿意跟任何人作对。可我不得不克制这种不理智的冲动。

宵禁前的最后一刻,我泪流满面地返回酒店,看门人不情愿地为我打开刚锁上的大门。埃莱娜已在前台替我俩做了登记,现在人正待在房间里,架起便携收音机的天线。她看起来挺平静,可一见我走进来,还是像一个典型的妻子那样勃然大怒。她想象不出我干吗要冒无谓的风险,宵禁前独自在街上游逛。而我当时无心听她训斥,所以也表现得像一个典型的丈夫,砰地摔门而出,去找住在同一家酒店的意大利摄制组。

下了两层楼,我敲响了三〇六房间的门。两个月前在罗马,我与意大利组领队约定了冗长的口令,为了不说错,我还暗自排练了好几遍。一个半梦半醒的声音——那是格拉齐雅热情的音调,无须暗号,我一听便知——从门里问道:

"谁呀?"

"加百列。"

"还有呢?"格拉齐雅追问。

"大天使。"我答道。

"是圣乔治和圣米迦勒?"

确认回答后，她的声音非但没平静下来，反而颤抖得更厉害了。这真奇怪，因为在意大利我俩有过长谈，她应当能分辨出我的声音。然而，即便在我肯定地回答了大天使就是圣乔治和圣米迦勒之后，格拉齐雅还是要把暗语说下去。

"萨尔科。"她说。

这是我在圣塞巴斯蒂安没能拍完的影片《四季旅人》中一个人物的姓，而我应该回答其名。

"尼可拉斯。"

格拉齐雅是一位完成过艰巨任务、经验丰富的女记者，显然刚才的答复没能让她信服。

"胶片有几英尺？"她接着问。

于是我明白了，她是要把冗长的暗语对到底，可那还差很长一段呢，而我担心这可疑的游戏会被隔壁房间听到。

"别瞎扯了，快开门吧。"我说。

但她不对完最后一句口令，决不开门。此后几天里，格拉齐雅无时无刻不显露出这股严谨的劲头。"该死的，"我心里暗骂，不仅想到了埃莱娜，也连带想到艾丽，"女人都一个样。"我继续回答这辈子遇到的最可恨的一长串问题，恰似老练的丈夫般屈就。暗语对到最后一句时，那位在意大利结识的年轻迷人的格拉齐雅一下子打开房门，但一见到我，仿佛撞见幽灵似的，吓得又赶紧关上了门。后来她告诉我："你看起来像我见过的一个人，但我不确定是谁了。"这可以理解。在意大利，她只见过不修边幅的米格尔·利廷，那时他还留着胡子、不戴眼镜、着装随意，而敲响她房门的男人是个秃头，戴近视镜，胡子剃得干干净净，一身银行经理般的行头。

"放心开门吧，"我对她说，"我是米格尔。"

即便后来经过细致检验准许我进了门，她还是有所保留地打量我。寒暄之前，她故意把收音机开到最大音量，以防我们的谈话被隔壁房间听到，或被暗藏的窃听器录下来。不过，她泰然自若。一星期前，她率领团队的其他三个人提前到达。多亏意大利使馆的好心安排，他们已获得了工作批准和许可，当然，使馆官员们并不清楚我们的真实意图。不仅如此，摄制组已开始工作，在政府高官出席意大利使馆安排在市剧院的《蝴蝶夫人》歌剧演出时进行了拍摄。皮诺切特将军也受邀了，只是最终没有出席。但意大利摄制组在演出现场露面对我们的工作来说至关重要，因为如此一来，他们等于在圣地亚哥获得了官方许可，接下来的几天，在大街上拍摄就不会遭到任何质疑了。另一方面，拍摄拉莫内达宫内景的申请手续还在办理中,不过申请人已经获得了担保,说不会遇到什么阻碍。

这些好消息让我深受鼓舞,想即刻开始工作。要不是因为宵禁,我肯定请格拉齐雅把摄制组其他人全部叫醒,好留下我重返智利第一晚的见证。我们制定了第二天一早拍摄的详细计划,不过,我俩达成一致,不必让其他组员预先知晓计划,而且应该叫他们坚信格拉齐雅才是领队。与此同时,格拉齐雅自己也不知道还有另外两组人马在拍摄同一部影片。我们取得了不少进展,同时品尝着格拉巴酒——一种意大利烈性白兰地,格拉齐雅一直把这种酒带在身边,几乎像一个护身符。这时电话突然响了,我俩同时跳起来。格拉齐雅飞速过去抓起听筒,听了一会儿,旋即挂断。原来是酒店前台打来的,让我们把音乐音量调低,因为隔壁房间已经打电话抱怨了。

恐怖的死寂让人铭记

在同一天里,情绪感受太过丰富了。我回到房间时,埃莱娜已经在她的温柔梦乡里徜徉，而我那一侧床头柜上的夜灯还亮着。我悄无声息地脱掉衣服，准备如上帝安排的那样安睡，可怎么也睡不着。刚一躺到床上，我便留意到宵禁期间那种恐怖的死寂。我想象不出世上还有什么地方能有与这里一般无二的寂静。那寂静就压在我胸口，压迫感越来越强，无休无止。熄灯之后整座空寂的城市没有一丝声响。听不到管道里的水流，听不到埃莱娜的呼吸，甚至听不到我自己身体里的声音。

我焦躁地起身下床，从窗口探出头去，想呼吸几口街上的新鲜空气，看一看这萧条而真实的城市。自从在漂浮不定的少年时代第一次踏足圣地亚哥起，我从来没见过这座城市像眼前这样孤寂而悲凉。窗户在五层，正对着一条死巷，巷子两侧是黢黑、高耸的墙壁。高墙之间，透过一片灰色阴霾，只能窥见一小块天空。我并不觉得站立在祖国的土地上，也不觉得面前是真实的生活，只觉得自己仿佛一个被困在马塞尔·卡尔内①阴冷电影里的囚徒。

十二年前，早晨七点，一名率领巡逻队的中士端着机关

---

① 马塞尔·卡尔内（Marcel Carné，1906－1996），法国电影导演，诗意现实主义代表人物，作品有《雾码头》《北方旅馆》《天堂的孩子》等。

枪，往我头顶上扫射了一梭子子弹，喝令我排进一群俘虏的队列。这群俘虏正被驱赶进我任职的智利电影公司的大楼。当时整座城市正在爆炸声、机枪子弹呼啸声和低空飞行的战斗机的轰鸣声中瑟瑟发抖。逮捕我的那位中士自己也晕头转向，竟问我出了什么状况，他说："我们保持中立。"但我不明白他为什么这样说，也不清楚这个"我们"包括谁。某一刻，仅有我们两人的时候，他问我：

"《纳胡尔扎罗的豺狼》是你拍的，对吗？"

我回答说是。忽然间他似乎忘记了一切，忘记了尖啸的子弹、爆破的炸药和袭击总统府的燃烧弹，恳请我解释电影里怎么装死，怎么让伤口冒出血来。我向他一一解释，他听得非常痴迷，但随即就回转到现实中来。

"别回头瞧，"他朝我嚷道，"不然我崩了你们的脑袋。"

要不是几分钟前我们还看见倒在街上的第一批死难者，要不是看到一个血流如注的受伤者趴在人行道上无人救助，要不是看到几伙市民装扮的打手用棍棒将萨尔瓦多·阿连德总统的支持者殴打至死，我们真还以为眼前这一切是无中生有的游戏。我们还眼见一群囚犯背倚着墙，一队士兵佯装要枪决他们。然而，看押我们的士兵一边询问到底发生了什么事,一边坚持说:"我们保持中立。"阵阵轰响,遍地狼藉,一切都叫人发狂。

智利电影公司大楼被荷枪实弹的士兵包围,三脚架架起的机关枪对准了大楼正门。头戴黑色贝雷帽、胸前佩有社会党徽章的看门人朝我们迎面走来。

"啊",他指着我喊道,"这位先生,利廷先生,该对这儿发生的一切事负责。"

中士用力推搡了他一把,看门人跌倒在地。

"滚蛋,"中士训斥他,"轮不到你讲话。"

看门人惊恐地连滚带爬,还仰头问我:

"喝咖啡吗,利廷先生?不来一小杯咖啡?"

中士让我拨几个电话打听一下到底出了什么事。我试着打了,但谁也没联系上。每时每刻都有军官进来下达命令,不一会儿又有别的军官下达完全相反的命令:告诉我们可以抽烟,又不准抽烟;叫我们坐下,又命令我们统统站好。半小时后,进来一位非常年轻的士兵,他用冲锋枪指了指我。

"报告中士,"他说,"外面有个金发妞儿来找这位先生。"

准是艾丽来了,肯定没错。中士出去跟她说话。与此同时,士兵们告诉我们,凌晨他们就被拉出来了,到现在还没吃上一口早饭,后来又接到命令,不让他们收取任何东西,所以他们现在又冷又饿。我们唯一能为他们做的就是递上香烟。

这时,中士跟着一位中尉进来了,中尉开始核实俘虏的身份,以便将我们羁押到国家体育场去。清点到我时,还没容我开口,中士抢先出了声。

"不对啊,中尉,"他对长官说,"这位先生跟这儿没关系,他跑来抱怨邻居用棍子把他的车砸坏了。"

中尉困惑地瞥了我一眼。

"这人怎么这么蠢,现在都什么时候了,还跑来抱怨这种小事?"他呵斥道,"赶紧给我滚!"

我拔腿就跑,心想他们会在背后开枪,因为处决逃犯是最常见的借口。但并没有枪响。艾丽是来给我收尸的,她听一个朋友误传,我在智利电影公司门外被枪决了。街上有好几栋房子都升起了旗帜,军方用这种事先约好的办法辨别他们的拥护者。另一方面,我们一家已经被一个女邻居揭发了,她说我们跟政府的人过往甚密;她还知道我曾积极参加过阿连德总统的竞选活动,军事政变爆发前夕,我家里还在组织秘密集会。于是我们决定不回家,带着三个孩子和最必需的日用品,在死神的步步紧逼下辗转寄宿各处,就这么坚持了一个月。直到围堵越发令人窒息,我们才不得不踏上了去国流亡之路。

第三章

留下的人也是流亡者

早晨八点，我请埃莱娜帮我打电话找个人，对方的号码只有我一人知道。还是用假名"弗朗奇"来称呼他吧。他本人接了电话，埃莱娜没做更多解释，只是说"替加夫列尔传个话"，请他到征服者酒店五〇一房间来。他提前半小时赶到。埃莱娜已准备出门，而我仍躺在床上。听到他敲门时，我故意用被单蒙住了脑袋。其实，弗朗奇并不知道自己会见到谁，我们只是约定好，任何用加夫列尔的名义打电话的人，都是我派遣的。最近几天，领导摄制组的三个"加夫列尔"都给他打过电话了，包括格拉齐雅，所以他没料到这个新的加夫列尔就是我本人。

早在人民团结时期之前，我们就已经是朋友了。在我拍摄最初几部电影时我们就合作过，后来还一道出席过几届电影节，最近一次见面是一年前在墨西哥。可当我露出脸的时候，他竟没认出我，直到我放声大笑——笑声是我明白无误的特征。这让我对自己的新造型更有信心了。

弗朗奇是去年年底被我招募进来的。他的工作是分别接待摄制组，下达初步指示，在不干扰埃莱娜指挥的前提下，处理一系列基本安排。他的档案清清白白：他是智利人，政变之后曾自愿流亡到加拉加斯，没有任何指控他的案底。从那时起，他已经在智利境内完成了几桩地下秘密任务，能凭借无可挑剔的伪装在智利境内自由行动。他跟电影圈熟络，再加上性格随和、富于想象力、做事大胆，应当能在这趟冒险之旅中成为我们的理想搭档。我的判断没错。根据与我事先商量好的计划，他比我提前一周取道秘鲁经陆路入境智利，以便分头接待和协调三支摄制组，目前三支小组已着手工作。按照几个月前小组负责人分别和我在巴黎制定的详细方案，法国组在智利北方工作，从阿里卡拍摄到瓦尔帕莱索。荷兰组在南方完成相似任务。意大利组驻守圣地亚哥，直接听我调遣，并时刻准备拍摄任何预想不到的突发事件。三支小组都接到指示,在没有危险也不会引起怀疑的前提下,向受访者征询对萨尔瓦多·阿连德的看法,因为我们相信,谈论这位殉难的总统,是判断每个智利人对国家现状和未来可能性所持立场的最好参照。

弗朗奇知晓每支摄制组的精确行程,连他们要下榻的酒店也悉数掌握,随时能跟他们取得联络。这样一来,我本人就能通过电话向他们传达指令了。为了更加保险,弗朗奇还将充当我的司机,每隔三四天,我们就从不同的租车公司租一辆新车。整个拍摄过程中,我俩很少分开。

三个被割喉者扳倒了一个将军

上午九点,我们开始工作。武器广场与酒店仅相隔几个街区,在现实中比在我记忆里更加生动,南方秋天昏黄柔和的阳光透过高大树木的枝叶,洒在广场上。四季常设的花丛每周更换一新,在我看来,花朵比以往更加鲜嫩而有光彩。一个小时前,意大利组已开始拍摄早间的日常景象了:退休职员坐在木制长椅上读报纸,老人们给鸽群喂食，小贩们兜售便宜货，摄影师端着带黑布罩的老式相机，还有那些画三分钟速写的街头画家，或许是当局眼线的擦鞋匠，手牵彩色气球围在冰淇淋车旁的孩童，以及正走出大教堂的人们。广场一角，与往常一样，还聚集了一群失业的艺人，等待着受雇于随时出现的庆典活动。他们当中有知名的音乐家、逗孩子的魔术师和小丑，也有服饰、妆容都相当夸张的异装者，性别难辨。不同于前一晚，在这个美好的早晨，广场上驻守着几支警察巡逻队，神情严峻、荷枪实弹；警备车停在旁边，车顶装有大功率喇叭，正在用最大音量播放着流行音乐。

　　不久我就发现，街上难得瞧见治安警力只是初来乍到者的错觉。地铁主要车站里无论何时都埋伏着防暴警察，街道两侧总是停靠着备有高压水枪的卡车，随时准备以残酷的方式掐断各类不合时宜的抗议活动的苗头，而抗议活动几乎天天都有。监控力度最强的地点就在武器广场，这里是圣地亚哥的神经中枢，也是团结圣公会的大本营。团结圣公会是席尔瓦·恩里克斯总主教发起的对抗独裁统治的坚强堡垒，不仅天主教徒支持它，所有为智利民主回归而奋斗的人士也都支持它。团结圣公会形成了难以瓦解的道德力量。它的总部坐落在一栋殖民时期风格的建筑里，中央庭院宽敞且阳光充足，全天都门庭若市。在这里，所有受迫害者都能找到栖身之所，得到人道主义关怀。在这里，有所需求的人，特别是政治犯及其家属，总能找到提供援助的便捷渠道，在其帮助下安全抵达目的地。公会还接收那些揭发当局严刑拷问的控诉，为失踪者和其他任何不公正行为而组织抗议示威。

就在我秘密入境几个月前，军事独裁政府对团结圣公会展开血腥挑衅，结果政府的军事委员会反遭打击，摇摇欲坠。一九八五年二月底，抵抗运动的三名成员被一群耀武扬威的人劫走，面对如此阵势，谁是幕后主使早已昭然若揭。社会学家何塞·曼努埃尔·帕拉达是团结圣公会的骨干，就在其子女就读的学校门前，他被绑架者当着孩子们的面抓走。恰在这时，警方截断了周围三个街区的交通，军用直升机在空中监控了整个区域。仅相隔几小时，另外两人在城市的不同地点被绑架。一位是曼努埃尔·格雷罗，智利教师工会组织的领导人；另一位是圣地亚哥·纳蒂诺，享有很高职业声望的插图画家，在此之前，人们并不知道他曾积极投身抵抗活动。正当全国人民惊愕不已时，一九八五年三月二日，三具尸体出现在圣地亚哥国际机场附近一条僻静的小路上，尸体的喉咙全部被割开，浑身布满野蛮折磨留下的伤痕。军警武装部队指挥官、国家军事委员会委员塞萨尔·门多萨·杜兰将军向媒体宣布，这起三重杀人案是智利共产党内讧造成的，均受到莫斯科方面的唆使。然而，拆穿谎言的声浪在全国蔓延，人们指责这位门多萨·杜兰将军才是屠杀的主谋，为此，他不得不辞去了政府职务。从那时起，通往武器广场的四条道路之一"桥梁街"，路标上的街名不知被什么人涂去，换上了沿用至今的新名——何塞·曼努埃尔·帕拉达街。

"你是乌拉圭人，值得庆贺"

那天早晨，当我和弗朗奇装作散步者，若无其事地走在武器广场上时，这场野蛮戏剧的凝重氛围还在暗中浮动。我看到摄制组就像前一晚我和格拉齐雅商定的那样，已在拍摄地点就位，而格拉齐雅也瞥见我们正走过来。但那一刻，她没给摄影师任何指示。接下来，弗朗奇从我身旁走开，我按照此前与三位小组负责人约好的方式，接手领导拍摄工作。

首先，我在鹅卵石铺就的人行路上巡视了一遍，在不同的地方停步，指示格拉齐雅每个片段应该拍多长，而后再走一遍，以示机位。眼下我们两人都不应搜寻能证明街面上埋伏着镇压力量的细节。那天早晨只需捕捉一些日常氛围，特别要凸显人们的行为举止，因为就像我在前一晚观察到的，比起以往，人与人之间的交流变少了。行人步履匆匆，对周遭发生的事漠不关心；即便与人交谈，也悄声细语，避免用手势强调自己的语气。而在我印象中，以前的智利人很爱打手势，现今流亡海外的智利人也是这个做派。我自己在人群间穿行，口袋里揣着一台高灵敏度的袖珍录音机，用它来记录街头对话，这不仅有助于组织第一天拍摄的镜头，对全片剪辑也有参考价值。

指定几处拍摄位置后，我在一位在广场长椅上晒太阳的女士身边坐下来做笔记。在长椅的绿漆木条上，一代代情侣用折刀刻上了各式各样的名字和爱心。我总是忘记带记事本，于是就把笔记写在"吉卜赛女郎"牌香烟纸盒的背面。"吉卜赛女郎"是法国名烟，我在巴黎买了不少备用。后来在整个拍摄过程中，我始终这样做笔记，虽然并非特意存留香烟盒，但这批笔记就像一册海航日志，帮我在眼下这本书里复现旅途当中的种种细节。

那天早晨,在武器广场上做笔记时,我注意到坐在旁边的女士正侧目观察着我。她已经上了年纪,着装属于那种中产阶级下层的过时款式,外套有毛领,帽子也相当破旧。我不知道她为什么坐在那里,孤单一人,沉默不语,并没定睛注视任何地方,甚至几只鸽子在头顶盘旋又飞落下来啄她的鞋边,她的神色也没有丝毫变化。若不是稍后她告诉我,她是在教堂望弥撒受了凉,想晒几分钟太阳再坐地铁回家,这些情况我肯定无从知晓。我假装读报,发现她正从头到脚打量我,毫无疑问,这个钟点到广场上走动的人群里,我的着装有点扎眼。我朝她笑了笑,她问我是哪儿的人。答话前我抬手轻轻按下了衬衫口袋里袖珍录音机的录音键。

"乌拉圭人。"我答道。

"啊!"她感叹道,"你们运气真好,值得庆贺。"

她指的是乌拉圭最近回归了民主选举制,说这话时,她语气中有一种缅怀过去的温柔。我假装心不在焉,想让她说得更明白些,希望她透露一点有关个人处境的隐衷,但没有成功。不过,她倒是毫无保留地向我讲起了智利缺乏个人自由,还面临严峻的失业问题。说话间,她还指给我看长椅那边的失业者、小丑、音乐家和异装者，这会儿，那群人越聚越多了。

"瞧那伙人，"她对我说，"整天待在这儿等救助，因为没工作。我们的国家在挨饿。"

我任由她自说自话。而后，我估摸着第一遍踩点已过去半小时，便起身告辞，开始第二遍走位。此时，格拉齐雅下达了拍摄命令，还指示摄影师，不要靠近给我特写，别让警察注意到我。但问题恰好相反：是我自己无法将目光从警察身上移开，因为他们对我来说有种难以抗拒的吸引力。

虽然智利一直都有沿街叫卖的商贩，我却不记得数量有现在这么多。在商业中心很难有一个地方遇不到小贩们默默排开的长队。商贩人数多，货物品类杂，这个现象本身就是一种社会征兆。路边摊贩里有失业的医生、落魄的工程师，能看见某位气质好似侯爵夫人的女士正廉价抛售她原先钟爱的衣服，还能瞧见一伙孤儿在人群中兜售偷来的东西，或者贫困的主妇推销自家烘烤的面包。但所有这些不幸的买卖人即便一无所有，也不肯失去自己的尊严。有人站在货摊后面却仍然穿着从前在堂皇的办公室里所穿的正装。一位出租车司机，原先是富裕的纺织品商人，他开车载我几个小时，逛遍了半个城区，最后却坚决不肯收费。

当摄影师拍摄广场环境时，我独自在人群间穿梭，捕捉将来可以充当影像解说的谈话片段，同时留心不要牵扯进以后有可能在银幕上被认出来的人。格拉齐雅从另一个角度观察我，我也在观察她。跟从我的指示，她首先仰拍最高的建筑物，而后镜头一点点降下来，将摄影机移向近旁，最后拍那些警察的脸。我们想捕捉他们脸上紧张的表情。临近正午，广场上越发热闹，他们的紧张感也越发明显。但警察们很快注意到了摄影机移动的轨迹，察觉自己正在被人观察，于是立即要求格拉齐雅出示在街上拍摄的许可证。我望见格拉齐雅给他看了许可证，警察似乎很快就表示了满意，我便如释重负地继续走位。后来我才知道，警察告诉格拉齐雅不准拍他们的人，但格拉齐雅反驳说，许可证上可没注明有什么禁忌，她还搬出了摄制组成员的意大利国籍，表示不接受原先未曾告知的命令。警察没再多说什么。这个情况让我很感兴趣，因为事实证明，欧洲摄制组在智利确实具有我们先前所预想的优势。

留下的人也是流亡者

警察成了让我着迷的心结。几次经过警察身边，我总想找个机会跟他们攀谈几句。突然，凭借一股无法抗拒的冲动，我走到一支巡逻队跟前，打听起那栋殖民时期风格的市政府大楼的情况。这座建筑在三月的地震里遭到了破坏，眼下正在修缮。回答我问题的那个警察根本没正眼瞧我，他的目光仍在扫视广场，不肯放过任何一个细节。他身旁同事的态度也一模一样，不过，当他听出我是故意抛出一些傻乎乎的问题时，斜睨的目光里越发流露出厌烦。而后，他眉头紧锁盯着我，喝令道：

"走开！"

就在此时，之前困扰我的咒语已经解开，警察带给我的惴惴不安转化成了一股得意劲儿。我非但没服从命令，反而给他们上了一堂礼仪课，教训他们面对和平守法、充满好奇心的外国游客，应该表现出怎样的得体举止。然而，还没等我发觉自己伪装的乌拉圭口音不足以对付这样复杂的申辩，那个警察已经受不了我的长篇大论，勒令我出示身份证件。

整趟旅行里恐怕再没有哪个场景让我如此担惊受怕。脑海中快速闪过所有念头:争取时间,死撑下去,甚至拔腿就逃,哪怕明知他们会很快追上我。我还想到了埃莱娜,此时不知她跑到哪儿去了;我只能瞥见远处摄影机映出的微光,摄影师会拍下一切,这确凿的证据足以向海外扩散我被捕的消息。还有弗朗奇,他肯定在不远处,凭我对他的了解,他绝不会容许我离开他的视线。当然,最简单的办法就是出示护照,让警察查验身份,此前在几个机场,这本护照都经受住了考验。但我担心警察会搜身,因为那一刻,我猛然想到自己犯了个致命的错误。放护照的钱夹里,还装着我真正的智利身份证和一张写着真名的信用卡,我一时疏忽,忘记取出来了。意识到别无其他风险更小的办法,我便掏出了护照。应该怎么处理,警察似乎也不是很有把握,他快速扫了一眼照片,而后将护照递还给我,态度比刚才柔和了些。

"关于那栋建筑,您想要了解什么情况?"他问道。

我长舒了一口气。

"什么都不想,"我说,"是我自己没事找事。"

这件事治愈了警察给我带来的不安情绪。此后的全部旅途中,我开始能像其他守法的智利人一样,甚至像那些为数不少的从事秘密抵抗活动的智利人一样,以自然的心态看待警察。有两三次，我偶尔向警察求助，他们也态度良好地提供了帮助。甚至还有一回，警察开着巡逻车为我们开路，多亏如此，我才得以在警方发现我在圣地亚哥行踪的几分钟前赶上一架国际航班。埃莱娜不能理解，怎么会有人为了纾解紧张情绪就跑去挑衅警察。我和她的合作关系本来就存在危险的罅隙，现在更是濒临破裂。

所幸，在她或其他人提醒我之前，我已经对自己的不谨慎感到后悔了。警察一把护照还给我，我就按事先商量好的那样给格拉齐雅做了个手势，请她暂停拍摄。弗朗奇早从广场另一头目睹了这一切，他跟我一样心焦如焚，此刻赶紧过来跟我碰头。但我让他午饭后再到酒店接我。我想一个人独处。

我坐在一张长椅上翻看当天的报纸，但目光扫过一行行文字却什么也没读进去。独自一人在这个晴朗的秋季早晨，我内心异常激动，无论如何也没法集中精神。突然远方传来了宣告十二点钟的礼炮声，鸽群惊飞，大教堂的钟琴奏响了比奥莱塔·帕拉[①]最动人的曲子：《感谢生活》。这情景实在让我难以自持。我想起比奥莱塔，想起她曾在巴黎忍饥挨饿、

[①] 比奥莱塔·帕拉（Violeta Parra, 1917 – 1967），智利作曲家、新歌运动代表人物，被誉为"拉丁美洲民歌之母"。

露宿街头，想起她不可撼动的自尊，又想到体制始终排斥她，蔑视她的歌声，嘲笑她的反抗。一位了不起的总统不得不迎接子弹光荣死去，智利不得不承受历史上最血腥的殉难；比奥莱塔·帕拉本人也是如此，只有当她亲手结束了自己的生命，她的祖国才发现她的歌声里蕴藏着最深沉的美和人性真理。此时，那些警察也在投入地聆听她的歌声，但茫然不知歌手是谁，不知她在想些什么，不知她为何要长歌当哭。他们更不知道，倘若在这个晴朗的秋日早晨，歌手本人见到了这一幕奇特的情景，又该对他们表现出怎样的鄙弃啊。

　　我急于一点一点找回往日的记忆，便独自前往城市高地的一家餐馆，我和艾丽刚订婚时经常到这家餐馆吃午饭。那地方仍旧是从前模样，杨树荫下摆放着露天餐桌，遍地繁花，但给人的印象是，这里被时间遗忘了。一个客人也没有。我高声抱怨，侍者才来点菜，差不多耽搁了一个小时，才给我端上一大盘烤肉。我快要吃完时，一对夫妇走进来，我和艾丽还是此处常客时总能见到他们。男的叫埃内斯托，别人常叫他"内托"，女的叫埃尔维拉。他们在几个街区外经营着一家生意不景气的小店，专卖圣像卡片、圣徒塑像、念珠、圣骨匣以及丧葬用品。但两人性格跟自家生意相去甚远，他们性情风趣，思路敏捷。赶上星期六天气好的时候，我们会在这里品尝葡萄酒、玩纸牌，逗留到很晚。看到他们像过去那样手挽着手走进来时，我惊讶于尽管世界早已天翻地覆，可他俩还坐在过去的老位置上，更让我讶异的是，他们实在苍老太多了。在我印象中，他们不是一对循规蹈矩的夫妻，更像是一对成熟、热情而机灵的情侣，但此刻我觉得他们成了发福、沉闷的老年人。两人仿佛成了一面镜子，让我忽然从中瞥见了自己的暮年。假如他们认出了我，无疑会同样错愕地端详我，不过此刻，我有这套乌拉圭富商的行头罩在身上。他们在旁边的桌子上用餐，大声交谈，但失去了往日的活力。他们间或朝我这边望一眼，却并不好奇，丝毫没有疑心我们曾在同一张桌子上谈笑欢聚。只有在这一刻，我才意识到流亡岁月是多么漫长而痛苦，不只是对那些离开的人——直到此刻我才想到这一层——留下的人们同样饱受流亡之苦。

第四章

圣地亚哥的五个基准点

我们又在圣地亚哥拍摄了五天，这段时间足以证明我们的工作模式切实可行。与此同时，我与北方的法国摄制组和南方的荷兰摄制组保持联系。埃莱娜的联络工作也颇见成效，我们打算采访一些地下运动领袖和具有合法身份的政界人士，采访安排也越来越有眉目了。

至于我自己，我仍旧忍受着隐匿身份的痛苦。这对我而言，是一种艰难的牺牲，因为许多亲朋好友我都想探望，首先就是我的父母，此外我还想重温青年时代的许多片段。但现在，至少在电影拍完之前，他们得跟我绝对保持隔离。我压抑着自己的情感，承受着在祖国土地上流亡的奇特状态——最痛苦的流亡莫过于此。

我很少独自上街，但仍然觉得孤单。不管走到哪儿，即便自己注意不到，抵抗组织的眼线也会时刻照看着我。只有当我跟绝对信任的人见面，同时我也不希望会见者在别的朋友面前暴露身份的时候，我才会提前请求安保人员撤离。在埃莱娜成功地协助我，使工作走上正轨后，我在保护自己方面也接受了不少训练，因此没出现任何纰漏。电影如预想的那样持续拍摄，没有哪位合作者由于我的疏忽或错误而遭遇任何麻烦。然而，离开智利后，一位秘密行动的负责人用开玩笑的口气对我说：

"有史以来，还没有哪次地下行动，如此频繁又危险地打破了那么多条安保原则。"

无论如何，最重要的是，在不到一周的时间里，我们已然提前完成在圣地亚哥的拍摄计划。我们制定了一个非常灵活的方案，允许随时随地做出任何调整，而事实证明，在一座无法预测的城市里拍摄，这是唯一可行的方案。圣地亚哥每时每刻都能出人意料，而意外冒出的念头也给我们带来新的灵感。

截至当时，我们已经换了三家酒店。征服者酒店舒适便捷，但它正位于镇压势力的中心，我们有理由确信这家酒店是监控最严密的地点之一。可其他的五星级酒店也没什么两样，因为总有许多外国人出出进进，而外国人在独裁政府安全部门的眼里，原则上全都属于可疑对象。不过，那些二流酒店对出入人员的检查往往更严，我们担心住在那些地方更易引人注目。因此，最安全的办法莫过于两三天搬一次家，也不管酒店是几星级的，而且决不折回原先住过的酒店，因为我有点迷信，认为回到曾经冒过风险的地方难免会出事。这种执念可以追溯到一九七三年九月十一日，那一天，空军轰炸了总统府拉莫内达宫，全城陷入骚乱。我赶到智利电影公司的办公室，跟长期合作的同事们商量怎样对抗政变。我本已从容地从电影公司脱身，开着车把一些可能有生命危险的朋友送到森林公园，但这时我犯了一个严重的错误，重新跑回了电影公司。所幸出现奇迹，我死里逃生，正如前面已经讲过的那样。

除了更换酒店以外，我们采取了另一项预防措施：第三次搬家之后，我和埃莱娜开始分房入住，各自使用新身份。有时候我自称是经理，而她是秘书；有时候我俩装作不认识。逐步分开也正好符合我俩此时的相处状态，尽管我们两人在人际关系上越发尴尬，工作上还算顺畅。

应该说，在我们入住过的众多酒店中，只有两家引起了我们的警觉。第一家是喜来登酒店。入住当天，我刚要就寝时，床头柜上的电话响了。当时埃莱娜去参加一个秘密会议，时间比她预计的要长，宵禁前赶不回来就得在集会地点借宿，这种情况已发生过多次。半梦半醒间我接起电话，但根本不记得自己身在何处，更糟的是，我不记得那一刻自己的身份。一个智利口音的女人叫了我的假名。我刚想回答不认识这位先生，但一下子警醒过来，意识到此时此刻会有人用这个名字找我。

那是酒店接线员的电话，她说有找我的长途电话打进来。一秒钟里，我快速思量，除了埃莱娜和弗朗奇没人知道我住在哪儿，他们两个也不会用这种方式在凌晨时分给我打电话，还伪装成长途，除非是生死攸关的大事。于是我决定接这个电话。电话另一端，一个女人用英语跟我说了一通亲昵的话，一会儿叫我亲爱的，一会儿又喊甜心、宝贝。终于等到我插空回话，我赶紧告诉她我不讲英语。那女人一听，娇嗔地骂了一句"靠"，就挂了电话。

试图跟酒店接线员搞清楚情况也是白费功夫，唯一的发现是，还有两位入住酒店的男士，他们的姓名跟我护照上的假名有点像。那一晚我一分钟也睡不着了，挨到第二天早晨七点埃莱娜进门，我们即刻搬到了另一家酒店。

第二次惊险发生在老旧的卡雷拉酒店，从这家酒店正面窗户望出去，能看到拉莫内达宫的全貌。这地方的惊险在于它叫人后怕。就在我们离开酒店几天后，有一对年轻男女假扮度蜜月的新婚夫妻，入住我们隔壁房间。他们在照相机三脚架上安放了一台装有延迟操作系统的火箭筒，发射方向对准了皮诺切特的办公室。他们的行动理念和设备都是一流的，皮诺切特在他们设定好的时刻正在自己的办公室里。但发射的后坐力震散了三脚架，失去准星的火箭筒在酒店房间里爆炸了。

圣地亚哥的五个基准点

进入智利的第二周，星期五，我和弗朗奇决定在次日乘车到智利内陆，第一站是康塞普西翁。直到那时，我们还没能给圣地亚哥合法公开的政治家和从事秘密斗争的领袖们做访谈，也没能拍摄到拉莫内达宫的内景。前者需要事先做周密的准备，埃莱娜正以可敬的勤奋精神在安排。拉莫内达宫内景拍摄的申请已经通过批准，但正式书面许可要等下周才能到手。于是，我和弗朗奇想利用这段时间到内地拍摄。为此我们打电话通知法国组，一旦完成在北方的拍摄工作就返回圣地亚哥，同时荷兰组将继续在南方拍摄，一直拍到蒙特港，然后在当地待命。我本人则像此前一样，继续跟意大利组一同工作。

按照计划，星期五这一天将拍摄我本人在街上执导电影的片段，好让独裁政府的情报部门不能否认在智利主导拍摄的正是我本人。我们选择拍摄圣地亚哥最具特色的五个地标：拉莫内达宫外景、森林公园、马波丘桥、圣克里斯托瓦尔山和圣方济各教堂。为了拍摄时不耽误一分钟，格拉齐雅几天前就已踩点，研究机位，因为我们约定每个地点只拍摄两小时，或者说，全部地点要在十个小时内拍完。每场拍摄我都比摄制组晚到十五分钟，无须跟任何成员说话，到场后立即融入当地人流，用事先约定的手势提示格拉齐雅。

拉莫内达宫占据了整个街区，主要建筑立面在南北两侧。南侧朝向林荫街旁的布尔内斯广场，外交部就在拉莫内达宫这一侧办公。北侧朝向宪法广场，是共和国总统府的所在地。九月十一日轰炸发生后，拉莫内达宫受损，总统府那一侧成了一片瓦砾废墟，无人问津。此后，军政府在联合国贸易与发展委员会的旧楼里临时办公。那是栋二十层的建筑，军政府急于展现自身的合法性，便搬出自由派名人堂迭戈·波尔塔雷斯的名字来命名这栋大楼。军政府在那里驻扎了差不多十年，直到拉莫内达宫漫长的修缮工程竣工。修缮期间，总统府增添了一些名副其实的地下工事：防弹地下室、秘密通道、逃生门、通向大街下方政府停车场的紧急通道。然而，在圣地亚哥，人们纷纷相传，皮诺切特这一重重形式主义的努力都因无法系上奥希金斯总统的绶带而大打折扣。国父奥希金斯是智利合法权力的象征，而他的绶带在轰炸总统府当天的大火中失踪了。某次，军政府的一个官员企图颠覆这个传闻，声称第一批占领总统府的军官们早已从烈焰中挽救了绶带，但没人相信这个幼稚可笑的谎言。

意大利组于上午九点前就位，在国父贝尔纳多·奥希金斯纪念碑前完成了拉莫内达宫临林荫街那一侧的拍摄。国父纪念碑前设置了一盏煤气长明灯，名为"自由之火"。摄制组随后转去拍摄另一侧。在那一侧能看到总统府的精英卫队，他们比一般的卫队官兵更加英俊高傲。此刻，卫队正进行每日例行两次的换岗仪式，引来世界各地好奇的游客围观。虽不像伦敦白金汉宫前那么人头攒动，但现场的阵势同样不小。总统府这一侧的警戒也更加森严。于是，当卫队瞥见意大利摄制组正准备拍摄时，便急匆匆冲过来要求出示拍摄许可，其实在林荫街那一侧，摄制组已出示过一次了。真是毫无例外：只要举起摄影机镜头，不管在城市的哪个角落，一定会出现军警要求出示拍摄许可。

我正巧在这一刻赶到。我们的摄影师乌戈是个友善而果敢的小伙子，在接连不断的摄影冒险中，他能像个日本游客一般善于找乐子。此时，他一只手掏出拍摄许可给卫兵看，另一只手趁其不备，继续拍摄那名士兵。弗朗奇把我载到四个街区之外的地方，约好十五分钟后，在总统府再往前四个街区的地方接我。这是个寒冷而多雾的清晨，典型的智利初秋天气。虽然裹着冬装外套，我还是冻得直打哆嗦。为了让身体暖起来，我随着疾步前行的人流，匆匆走过四个街区。我故意向前多走了两个街区，等待摄制组完成身份检查手续，而后折返回来，让摄制组顺利拍下我走过拉莫内达宫前的镜头。十五分钟后，摄制组收拾器材，前往下一个目标，而我步行到里克尔梅街，在地铁英雄站前搭上弗朗奇的车，我们就缓缓出发了。

拍摄森林公园所用的时间比我们预计的要短，因为再次看到它时我才意识到，我对这座公园的兴趣大多是主观的。其实这里风景很美，景致颇有圣地亚哥的特色，特别是在这个宁静的星期五，在黄叶拂动的微风里，公园显得尤其迷人。但是面对这景象，我心里最炽烈的仍是怀旧的情绪。美术学院就坐落在那里，离别故乡到首都求学不久，我曾在学院门前的台阶上表演了自己平生第一场戏剧。

后来，当我已成为崭露头角的新人电影导演，差不多每天傍晚都要穿过这座公园回家。黄昏时分树叶间的余晖，永远与我最初几部影片的记忆交织在一起。没有更多可谈的了。摄制组只拍摄了一小段我在林间漫步的镜头，在我身旁，伴着雨水的低语，树叶纷然落下。随后我径直走向商业中心，弗朗奇正在那里等我。

天气澄澈而清冷，自我归来以后，远方的山峦第一次清晰浮现在眼前。圣地亚哥坐落在山间谷地，从城里望向雪山，总隔着一道污染形成的薄薄雾霾。上午十一点，国家街已像寻常一样熙熙攘攘，许多人走进电影院观看头场放映。雷克斯影院前挂着海报，那是米洛斯·福尔曼[①]的《莫扎特传》。我实在想看这部电影，有不惜一切代价的冲动。我费了好大心力才忍住，没有进去。

街角偶遇：我的岳母！

在前几天的拍摄中，我曾看到不少熟人从我身旁经过：记者，政客，文化人士。在我印象里，没人特意看我，这样一来我对自己的外形又信心倍增。但在那个星期五，迟早要发生的还是发生了。一位气质不凡的女士朝我迎面走来，她身着奶油色斜纹两件式衣裙，没穿外套，仿佛是在夏天一样。相距不到三米远时，我才认出她来——那是我的岳母莱奥。差不多六个月前，我们在西班牙刚见过面，她对我太熟悉了，不太可能近在咫尺而认不出我来。我当即想转身往回走，但又想到他们提醒过我，要克服这种本能的冲动，因为很多秘密潜入者不会从正面被识破，却往往从背影露出马脚。我信

[①] 米洛斯·福尔曼（Miloš Forman，1932–2018），捷克电影导演，代表作《飞越疯人院》《莫扎特传》《月亮上的男人》。

任我的岳母，即便认出我来，她也不会惊慌失措，可她当时不是一个人，还挽着自己妹妹的胳膊。那是米娜姨妈，而米娜姨妈也认识我。两人正低声交谈，几乎是窃窃私语。我倒不担心遇上其他情况，我怕的是两人同时大吃一惊：她俩完全有可能激动地在大街上喊上一声"米格尔，我的孩子，你回国了，谢天谢地！"或诸如此类的话。而且，得知我秘密入境，也会将她们置于险境。

我别无选择，只得继续往前走，尽量集中精神注视着她，万一她认出我来，我好能立即稳住她。但她走过时，只是抬眼看了我一下，触碰到我那直勾勾的吓人的目光，却没有停止与米娜姨妈交谈，短暂一瞥间，并没有认出我。擦身而过时，我们离得那么近，我能闻到她的香水味，瞧见她美丽温柔的眼睛，还清楚地听见她说："……孩子长大了麻烦就更多。"但是，她继续往前走了。

不久前，我从马德里给她打电话，告诉她我们曾在街上偶遇，她诧异于自己竟毫无察觉。但对我而言，那是一场扰乱心神的突发事件。受到这件事的震动，我想找个地方平复一下，于是钻进了一家小电影院，里面正在放映意大利电影《幸福岛》，一部彻头彻尾的情色片。我在里面待了十几分钟，望着银幕上的英俊男子和异常美丽开朗的女人手挽着手，在天堂某个角落一个骄阳灿烂的日子双双跳进大海。我甚至都没想集中精神看电影。不过，黑暗能帮我冷静下来。到此时我才意识到，前几天的日子是多么按部就班、波澜不惊。十一点一刻，弗朗奇从国家街和林荫街的转角把我接上车，载我到下一个拍摄点：马波丘桥。

马波丘河流淌在铺满鹅卵石的河床上，穿城而过。河上有几座很别致的桥，精巧的钢铁结构让桥梁能经受地震而不倒。在旱季，正如当时的情况一样，河床收缩成一道湿泥沟，中间的水流仿佛被围堵在破烂的棚屋之间。到了雨季，山洪汇入河流，泛滥出堤岸，棚屋漂浮在水面，仿佛泥泞之海上的一艘艘小船。军事政变发生后的几个月内，军警巡逻队数次夜袭城郊社区，即圣地亚哥城外有名的棚户区。马波丘河漂荡着被虐杀者的遗体，一时恶名远扬。但这几年来，河上的惨剧变成了一群群饿殍与野狗、秃鹫争食，抢夺从大众市场扔进河里的残羹冷炙。军事委员会在芝加哥学派经济学家们的"天启神授"下炮制了所谓"智利奇迹"，而上述这一幕正是奇迹的阴暗面。

直到阿连德执政时期，智利虽算不上富裕，但即便保守的资产阶级也把简朴视为民族美德。军政府为了制造迅速繁荣的表象，凡是阿连德时期收归国有的产业全都被私有化，将整个国家贩卖给了私人资本和跨国公司。结果，令人眼花缭乱而无用的奢侈品充斥市场，装饰性的公共工程随处可见，制造了一个繁荣昌盛的幻象。

短短五年里，进口商品比此前两百年的总和还多，这些商品都是国家银行用去国有化得来的财力做抵押，大肆借贷美元而购买的。美国和国际信贷机构协力合谋。但到了该还债的时候，现实显露了本相：持续了六七年的繁荣幻象一夕瓦解。智利的外债，在阿连德执政的最后一年是四十亿美元，而现在几乎达到了二百三十亿美元。只要到马波丘河岸边的大众市场走一走，就能感觉到消耗掉的一百九十亿美元造成了什么样的社会代价。军政府制造的奇迹让少数富人越发富有，却让其余智利人越发穷困。

这座桥见证了一切

然而，在这场生死攸关的典当中，马波丘河上的雷柯莱塔桥宛如一位中立的情人：既为市场服务，也供殡葬使用。白天，送丧的队伍不得不在人群中冲开一条路；晚上，实施宵禁制度以前，这座桥又是通往探戈俱乐部的必经之路。那是城郊贫民的怀旧之所，其间最出色的舞者是那些掘墓工人。最吸引我注意的是，那个周五，有那么多的年轻恋人挽着腰在河畔平台上散步，在墓园为死者供上的靓丽花坛前拥吻，缓缓相爱，永不止息的时间从桥下无情地流逝，他们并不为此担忧。如此盛大的热恋景象，我只在很多年前的巴黎街头见过；我印象中的圣地亚哥与之相反，似乎一直是一座情感含蓄的城市。但我此刻正在目睹一幅鼓舞人心的画面，这景象在巴黎已经一点点地淡去，我想，在世界其他地方也再难寻觅了。我想起前些日子有人在马德里告诉我的一句话："爱在瘟疫蔓延时。"

人民团结时期之前，总穿深色正装、手握雨伞的智利男人，追逐欧洲时尚和新潮事物的女人，小推车里穿着兔子装的婴儿，这一切早已被披头士乐队带来的革新之风吹走了。随后是一股男女莫辨的潮流：所谓"无性别"风格。女士们把头发几乎齐根剪短，跟男人们一样穿上窄裆喇叭裤，而男士们则开始留长发。但所有这一切又被独裁政府虚伪的狂热风潮扫荡而去。政变最初几天曾多次发生军警用刺刀割头发的事件。为了不被刺刀剃发，整整一代人被迫剪掉了长发。

　　直到那个星期五，在马波丘桥上，我才发觉年轻人已经变了。我之后的一代人主宰了城市。我去国流亡时，他们不过是十岁左右的孩子，还不能理解这场灾难的烈度，而现在他们已大约有二十二岁了。后来，我们又发现了新证据，证明习惯在公众目光下恋爱的这一代年轻人，已经懂得在他人不断的嘘声中坚持自我而不受影响。在独裁政府日渐衰朽的压抑氛围里，他们开始向他人传达自己的喜好品位和生活方式，还有对爱、对艺术以及对政治的新颖观点。任何镇压都无法阻止他们。随处可以听见音量开到最大的古巴歌手西尔维奥·罗德里格斯和巴勃罗·米拉内斯的歌，就连坐在装甲车上的警察也在听这些歌曲，哪怕他们并不清楚自己听的是什么。萨尔瓦多·阿连德时代的小学生现在已成长为抵抗运动的指挥官。这个发现很有启迪，但又令人不安。我第一次自问，我这趟怀旧之旅的收获到底还有没有价值。

　　疑惑给了我新的刺激。为了完成当天的拍摄任务，我快速登上圣克里斯托瓦尔山，而后又探访了圣方济各教堂。暮色给教堂的砖石镀上了一层金。这之后，我请弗朗奇到酒店取出我的旅行包,并吩咐他三个小时后再到雷克斯影院门口接我,而我去那儿观看了《莫扎特传》。此外,我还让他转告埃莱娜,我们将要消失三天。再没留下别的信息。这种做法违背了约定好的规矩,埃莱娜本该时时刻刻了解我的行踪,但我没法这样约束自己。我和弗朗奇将乘坐当晚十一点的火车出发,前往康塞普西翁待上一段足够长的时间,没有知会其他任何人。

第五章

大教堂前的自焚者

尽管我的说法有理有据,听起来不容置疑,但这到底是个异想天开的念头。在我看来,到智利内地旅行,乘火车是最安全的交通方式,能避开机场和公路上许许多多的关卡。此外在列车上还能享受夜晚的时光,因为在城里,宵禁一到,晚上只能无所事事。然而弗朗奇不以为然,他知道火车是受监控最严的交通工具。对此我反驳说,正因如此,坐火车才最安全,因为警方永远想不到,一个秘密潜入者会跑到被严密监控的列车上。弗朗奇的看法再次跟我针锋相对,他认为警察早就料到潜伏者可能会搭乘火车,因为谁都懂得最危险的地方也最安全;他还提出,一个在欧洲经营着大笔买卖且处事老到的广告业富商，乘坐舒适的高级列车出差还说得过去，但绝不会乘坐智利内地那种简陋的破火车。不过，我最终还是把他说服了，理由是无论是去赴约或拍摄，乘坐飞机去康塞普西翁都不是最安全的选择，因为这段时日常有大雾，飞机不易降落。说实话，无论如何我都更倾向于坐火车，因为对乘飞机，我总怀有一种无法克制的恐惧。

于是当天夜里十一点，我俩在中央车站上了车。中央车站的钢架结构与埃菲尔铁塔有异曲同工之妙，美得难以言表。我们在列车卧铺车厢一间舒适干净的隔间里安顿下来。我饿得要命，当天早餐以后我几乎什么都没吃，除了在电影院买了两个巧克力棒聊以充饥——啃巧克力棒时，银幕上的青年莫扎特正在奥地利皇帝面前像杂技演员似的表演跳跃。检票员告知我俩，只能在餐车就餐，但按照规定，餐车和卧铺车厢之间是分隔开的，走不通。他自己倒是出了一个主意：可以在开车前跑到餐车上，能吃什么就吃什么，然后等一个小时，当列车停靠在兰卡瓜站时，再从餐车返回卧铺车厢。听完这番指导，我们赶紧照办，因为宵禁铃已经响了。检票员在一旁高声催促："赶紧跑，先生们，赶紧呀，咱们在干违法的事呢。"不过，当列车到达兰卡瓜站，站台上的警卫昏昏欲睡、寒冷难耐，对这类被默许的、无法避免的破坏军管法的行为，根本漠不关心。

那是一座清冷而空寂的站台，一个人影也没有，四周笼罩着鬼气森森的雾霭。那场景跟电影里偷渡者逃离纳粹德国时途经的车站一模一样。乘务员正催促我们尽快返回自己的车厢，猛然间，一个身穿寻常白色工作服的餐厅服务生，手捧一盘煎蛋配米饭，倏地冲到我们前头。他以难以置信的速度往前跑了五十多米，手里的餐盘竟然稳稳当当，神奇地保持了平衡。他跑到最后一节车厢的某个车窗前，隔着窗口把米饭递了进去，那位乘客显然花钱订了餐。还没等我们走到卧铺车，服务生已钻回餐车去了。

驶往康塞普西翁的五百多公里，都是在绝对死寂中度过的，仿佛戒严令不仅限制了这趟梦游列车上的所有乘客，还压抑着自然界的一切生灵。有几回我探头窗外，但隔着浓雾，目之所及只有空旷的车站，空旷的田野，这片杳无人烟的国土上的空寂长夜。唯一能证明大地上还有人类存在的，便是沿着铁道无穷无尽布满尖刺的铁网，而铁网后面什么都没有，没有人，没有鲜花，没有动物，空无一物。我想起了聂鲁达的诗："在世上任何地方，都有面包、稻米、苹果；在智利,只有铁网、铁网、铁网。"早晨七点钟,铁网仍不见尽头,列车已抵达康塞普西翁。

决定下一步该如何行动前,我俩觉得不妨找个地方刮刮胡子。于我自己其实不成问题,我倒乐意利用这个借口让胡子再长出来。不利之处是,街上的警察瞧见我俩的邋遢模样会怀疑我们是逃犯,因为所有智利人都知道,康塞普西翁这座城市是所有重大社会斗争的舞台。六十年代的学生运动就酝酿于此;在这里,萨尔瓦多·阿连德获得了总统大选中决定性的支持;也是在这座城,加夫列尔·冈萨雷斯·魏地拉[①]在一九四六年掀起了血腥镇压,不久又设立了皮萨瓜集中营,一个叫奥古斯托·皮诺切特的青年军官在那里学到了他后来擅长的那套恐怖和死亡的手艺。

塞巴斯蒂安·阿塞维多广场上永恒绽放的鲜花

乘坐出租车前往市中心的路上,透过凛冽的浓雾,我们

[①] 加夫列尔·冈萨雷斯·魏地拉(Gabriel González Videla, 1898 – 1980),智利第 24 任总统,1946 年至 1952 年执政。

看见了大教堂中庭前孤零零的十字架，十字架前摆放着一束不知什么人送来的鲜花。两年前，一名普通的煤矿工人塞巴斯蒂安·阿塞维多在十字架前自焚。此前，国家情报中心以非法私藏武器罪逮捕了他二十二岁的儿子和二十岁的女儿。他各处求告，要求停止对两个孩子的严刑折磨，直到自焚前都毫无结果。

塞巴斯蒂安·阿塞维多发出的不是哀求，而是警告。因为正值总主教出访，他就跟主教府的官员交谈，跟当地最有影响力的报刊记者交谈，跟政党党魁交谈，跟工商界领袖交谈，跟任何愿意倾听的人交谈，甚至连政府官僚也不放过。跟所有人交谈时他都是一句话："如果你们不设法阻止他们拷打我的两个孩子，我就往自己身上浇满汽油，在大教堂前自焚。"有些人不信他的话，另一些人不知该怎么办。到了指定的那一天，塞巴斯蒂安·阿塞维多站在教堂中庭前，往自己身上浇了一桶汽油，警告聚集在街上的熙攘人群，谁要是跨过了地上的黄线，他便立刻点火。恳求、命令、威胁，全都不管用。一名警员为了阻止他自戕，跨过了黄线，塞巴斯蒂安·阿塞维多顷刻变成了火人。

他仍活了七小时，神志清醒，没有痛苦。这起事件给公众带来的震撼太强烈了，警方不得不同意让他的女儿在他死前去医院探望。但医生们不愿叫女孩看见她父亲的惨状，只允许父女俩隔着对讲机交谈。"我怎么知道你就是坎德拉利娅？"听到女孩的声音后，塞巴斯蒂安·阿塞维多问。于是女孩说出了她还是小姑娘时父亲给她起的乳名。之后，两兄妹终于从秘密刑讯室里被放出来了，因为他们的父亲以命抗争，两兄妹才得以被移交到正规法庭听候判决。自此以后，康塞普西翁的市民们给这座发生自焚事件的广场起了个秘密的名字：塞巴斯蒂安·阿塞维多广场。

在康塞普西翁，刮胡子绝非易事！

早晨七点闯入历史重镇，想伪装成两个资本家，却满脸胡茬——这种冒险不值得一试。此外，谁都晓得，这个时代的广告商出差总要随身携带记录想法的袖珍录音机，手提箱里也必定装有电动剃须刀，以便赴约谈生意前，在机场、火车站或轿车上刮刮胡子，拾掇一番。不过，在康塞普西翁，某个寻常星期六的早晨七点，找人帮忙剃须修面，应该算不上是很大的风险吧。我最开始尝试的是武器广场旁仅有的一家在这个钟点开门营业的理发店。店门前挂着"男女皆宜"的招牌。一个二十岁上下的姑娘正在清扫大厅,一副睡眼惺忪的模样,旁边的男孩跟她年龄相仿,正在打理化妆台上的瓶瓶罐罐。

"我想修面。"我说。

"不行,"那男孩说,"我们这里做不了这个。"

"那么,哪家店可以?"

"往前走,"他说,"前面有好几家理发店。"

我往前走了一个街区,弗朗奇刚巧在那个街区办理租车,我瞥见两个警察正围着他检查证件。他们瞧见我走过来,也要求我出示证件。检查不仅没出纰漏,结局还很圆满。弗朗奇继续办理租车手续时,一个警察陪着我往前走了两个街区,找到另一家开门营业的理发店,他这才跟我握手道别。

这家店门上也有"男女皆宜"的牌子,跟第一家理发店一样,里面也有一男一女,男人在三十五岁上下,姑娘稍微年轻些。男人问我要不要理发,我回答说:"我想修面。"两人听闻后惊讶地望着我。

"不行啊,先生,我们这儿没这项服务。"

"我们这儿是'男女皆宜'的理发店。"女孩说。

"好吧,"我对他们说,"就算'男女皆宜',给顾客修个面也没问题吧。"

"先生,不行的,"男的说,"我们做不了。"

两人背转过去,不再搭理我。穿过叫人心情压抑的浓雾,我沿着空荡荡的街道继续往前走。让人惊讶的不仅是康塞普西翁有那么多家"男女皆宜"的理发店,还有它们完全一致的经营方针:没有一家愿意给我修面。我在迷雾中游荡,有个小男孩从街边走过,问我,"先生,您在找什么吗?"

"对,"我告诉他,"我在找理发店,但不是'男女皆宜'的,而是原来那种只给男士服务的店。"

于是,男孩把我领到一家传统的理发店,门前竖着红白两色旋转立柱,屋里摆着旧时常用的那种大转椅。两位上了年纪的剃头师傅系着脏兮兮的围裙,正给仅有的一位男顾客理发。其中一个剪头发,另一个用刷子把落在脸上、肩头的碎发拂去。一进门,一股老式搽剂的气味扑面而来,混着含有薄荷醇的酒精味,还有各类药品味。直到这时,我才意识到在之前那几家店里都没闻到这股气味。这是我童年的气味。

"我想修修面。"我说。

两位师傅和那位顾客，全都抬眼惊异地瞧着我。那个拿刷子的老师傅无疑提出了此时三人头脑里正琢磨的问题：

"您是哪国人？"

"智利，"我不假思索地说，但赶紧纠正，"不过我是乌拉圭人。"

后面的纠正比前面说错的话更糟糕，不过，他们都没注意到，而是提醒我，在智利很多年前就不用"修面"这个词了，而是说"刮胡子"。或许就是这个原因吧，那些在"男女皆宜"的新派理发店工作的年轻人，听不懂我们老一辈智利人才用的过时话。在这家理发店则正相反，他们很高兴有人像从前他们生意好的时候那样讲话。手里没活的那位师傅引我坐到理发椅上，按照我熟悉的老规矩把理发围布系到我脖子上，打开一把生了锈的剃刀。那位师傅少说也有七十岁了，似乎过惯了苦日子，高个子，肌肉松弛，白发苍苍，他自己应该也有三天没刮过胡子了。

"用热水还是用凉水刮？"他问我。

他双手颤颤巍巍，几乎拿不稳剃刀。

"当然用热水。"我回答。

"这位先生，那咱们可就难办了，"他说，"因为我们店里没热水，只有透心凉的冷水。"

于是我又返回第一家"男女皆宜"的理发店，跟他们说要"刮胡子"而不是"修面"，一听这话，他们立马就给我服务了，但条件是必须要理发。我同意后，小伙子和小姑娘原先那种无所谓的神情一扫而空，立即开始操持那套冗长的职业程序。女孩把毛巾围在我脖子上，用凉水给我洗头——因为这家店同样没有热水。然后那姑娘问我，是否需要三号、四号或是五号配方的面膜，要不要选用一种治疗秃顶的药水。依照程序，我任由她做完了一切步骤，可等到给我擦干脸的时候，那姑娘突然愣住了，自言自语道："真奇怪！"我慌忙睁开双眼，问她："怎么了？"她的表情比我更茫然无措。

"您拔过眉毛！"她说。

她的发现让我不悦，于是我决定讲一个此时能想到的最突兀的笑话。我幽幽地白了她一眼，而后问道：

"你对同性恋有偏见吗？"

她的脸唰地红到了脖子根，一个劲儿地摇头。然后男理发师过来接手，尽管我给了很多细致、精确的指点，他还是把我的头发剪得过短了，还用另一种方式梳了头，结果把我变回了米格尔·利廷。这是难免的，巴黎的化妆师故意违背我头发的自然走向来梳理，康塞普西翁的理发师当然不会这样做，而是把发式还原了。我并不担心，因为只消用另一个我的方式梳头就是了，这很容易，我也的确这么做了。不过，我费了很大气力才压制住回归自我的念头——在这座雾气重重的边远城市，断乎没人会认出我。头发剪完了，那位姑娘把我领到店内里间，小心翼翼地，似乎在做什么违法的事一样，在镜前插座接上电动剃须刀的电源线，而后把剃须刀递到我手上，让我自己刮胡子。幸好，这样不需要热水。

地狱里的爱情天堂

弗朗奇已经办好了租车手续。我俩从冷饮柜里各拿了一罐冰咖啡，权当早餐，因为这里还是没热水。然后我们驱车驶过比奥比奥河上的一座大桥，前往洛塔-施瓦格煤矿矿区。比奥比奥河是全智利水量最丰沛的河流，隔着雾气几乎望不见桥下的河床，只听见流水淙淙，发出让人困倦的金属音。十九世纪，智利作家巴尔多梅罗·利略详实地记述了煤矿的景象和矿工的生活，他笔下的纪实文字今天看来仍跟现实没有太大出入。进入矿区,不论是空中充满油烟的雾霾,还是那种几乎处于前工业革命时代的劳动条件,都让人想起一百年前的威尔士。

进入矿区前,要经过三道岗哨,接受警察检查。正如我们所料,突破第一道关卡最困难。这就是为什么当警察质询我们到洛塔-施瓦格做什么时,我们费了好一番唇舌才解释明白。不过,我能对答如流,自己都有点惊讶。我解释道,我们此行是来自然公园观光——它算得上整个美洲最漂亮的公园之一——古老高大的南美杉闻名遐迩,雕塑群新奇罕见,还有象征命运的孔雀和黑颈天鹅在其间闲庭信步。我们要借用这片风景名胜拍一部广告片,向全世界传扬南美杉的美名,推出一款同名香水,向这片田园牧歌般的土地献礼。

没有哪位智利警察能抵挡这冗长的解释,特别是言辞间还如此夸张地盛赞了他祖国的美妙风光。警察当即表示欢迎,可能还把我们到访的消息通知了第二个检查岗哨,因为经过那里时没有查验证件,却搜查了手提箱和汽车。唯一引起他们兴趣的是那台超8毫米摄影机——虽然不是什么专业型号——因为在矿区拍摄是需要书面许可证的。我俩对检查者声明,只想开车到山顶上瞧一瞧有雕像和天鹅的公园;最后,我试图用流露贵族派头的冷漠态度结束这番辩白。

"我们对穷人不感兴趣。"我告诉他们。

一位警察心不在焉地检查他碰到的每一件物品，没抬眼回答我说：

"我们这里都是穷人。"

警察搜查完毕，表示满意。半小时后，我们爬上陡峭而狭窄的山间小道，没受到任何繁冗手续的骚扰就驶过了第三个岗哨，终于抵达了公园。公园是一处奇特的所在，著名的酿酒商堂马蒂亚斯·科西尼奥为他心爱的女人修造了这个地方。为讨佳人欢心，他把全智利各地的珍稀树种汇聚于此，此外还弄来了各色神奇动物，请人雕塑了代表欢乐、忧伤、思念与爱情等心理状态的难以考证的女神像。公园深处有一座童话般的宫殿，从宫殿平台上可以眺望太平洋，直到世界的另一边。

整个早晨我们都拿着超8毫米摄影机拍摄之后摄制组计划取景的地方，此时他们正在办理许可证。就在我们刚开始拍摄时，一名警卫走过来说，这里严禁拍摄，连最普通的照片也不行。我们把计划拍摄一部广告片向全世界做宣传的故事重讲了一遍，可警卫仍旧要我们遵守规定。不过，他倒是提议陪我们到底下的矿区，直接向他的上级提出申请。

"我们现在不拍了，"我对他说，"你要是愿意，可以跟我们一块儿走，这样你更放心。"

他同意了，我们又跟他重新游览了一遍公园。他年纪不大，面容愁苦。弗朗奇一直跟他交谈，我则是不得不开口时才搭一句腔，免得暴露了蹩脚的乌拉圭口音。有一会儿，警卫想吸烟，我们就把身上的香烟全塞给了他。于是他就留下我俩单独拍摄，直到我们认为该拍的全都拍完了，才停歇。不只拍摄了上层公园，还拍摄了下面的矿区外景。我们明确了感兴趣的机位、角度、镜头、距离和大公园的整体外景，还有下面矿区里矿工和渔民杂居共处的艰苦环境。天堂和地狱并列在眼前，几乎叫人难以置信，但却是活生生的现实。

海鸥栖息的餐吧

我们下山时已是午后，正赶上汽船出海。这些汽船每天都要载着携带破旧家什、炊具和家禽的一家老小，跨过危险可怖、翻滚黑色巨浪的大海，到附近的圣玛利亚岛上去。煤矿坑道深入海底，在那里，数以千计的矿工在悲惨的条件下整日劳作。外面，坑道入口，数百个男人和领着孩子的妇女像鼹鼠似的刨地，想用指甲抠出一点煤渣。山上，公园里树木翁郁，氧气充足，空气纯净而新鲜。山下，人们只能在雾气中呼吸着煤烟，不仅肺部生疼，支气管还会有煤烟沉积。从山上眺望，海洋美得超乎想象；可从山下看，洋流浑浊，轰然作响。

这里曾是萨尔瓦多·阿连德政治力量与情感力量的一座重要堡垒。一九五八年爆发的著名的"矿区进军"事件就是从这里开始的。矿工们组成紧凑而沉默的游行队伍，黑压压一片，高举旗帜和横幅，通过比奥比奥大桥，占领康塞普西翁，以斗争的决心向当时的旧政府发出挑战。智利导演塞尔西奥·布拉沃的影片《人民的旗帜》记录了这一场景，这部片子是智利最激动人心的纪录片之一。阿连德当时就在现场，我想，正是在那一刻，他终于赢得了全体人民具有决定性意义的长久支持。后来，在他担任总统后，最初的一次巡访就是在洛塔广场与矿工们对话。

我当时也在总统随行人员之列。有一件事引起了我的注意。像阿连德那样一个年过六十仍自称保持着青春活力的人，那天却发自肺腑地说："我已度过了青年时代，现在差不多是个老人了。"那些形容憔悴、备受摧残、沉默寡言的矿工们，多年来被兑现不了的承诺深深伤害，那天却毫无保留地与总统交谈，成为他胜利的坚实堡垒。正如那天他在洛塔－施瓦格做出的承诺一样，他入主政府后最早的政策之一，便是将矿业国有化。而皮诺切特则是让矿业重新私有化——私有化是他针对一切部门的政策，包括墓地、铁路、港口，甚至是垃圾回收。

完成矿区拍摄计划后，下午四点，我们途经塔尔卡瓦诺返回康塞普西翁，一路上没碰到军方或民政部门的任何阻挠。下班回家的矿工们推着独轮车，车上载着从矿上废料中拣出的煤渣。想在浓雾中驾车穿过独轮车队与矿工人流并不容易。鬼魅一般的瘦小男人，矮小却强壮的妇女，肩扛沉重的煤渣袋子，这些梦魇中走出的形象在黑暗中骤然显影，车灯几乎无法将他们的轮廓照亮。

塔尔卡瓦诺是培养士官生的海军学校所在地，是智利主要的军港，这里的造船业也相当发达。政变发生后的几天里，这座城市被选为押解政治犯前往地狱般的道森岛的集结地，因而变得恶名昭彰。城市街头聚集着衣衫破烂的矿工，也能看见身穿雪白制服的年轻士官生。这里的空气被鱼粉厂的腥臭味、造船厂的沥青味和海水的腐臭味所侵染，叫人难以呼吸。

情况跟我们预想的完全相反，针对旅客的军事管制并不存在。大部分房屋都黑洞洞的，只有几扇窗户里透出仿佛来自另一个时代的煤油灯光。自从早餐喝了冰咖啡以后，我们还没吃过任何东西，因此当始料未及地遇到一间灯火通明的餐吧时，几乎把它当作童话里的幻景。尤其在发现室内满是从海边平台飞进来的海鸥时，幻景的感受便更强烈了。我从没见过这么多海鸥，更没见过这么多海鸥从暗处飞来，在无动于衷的顾客头上乱撞，仿佛失明般，晕头晕脑地在各处发出剧烈的碰撞声。我们在晚餐时分才吃上早饭，品尝着诞生于史前时代的智利海鲜，盘中海产还带着冰冷深海的余味。就餐后我们驾车返回康塞普西翁。开往圣地亚哥的列车已经开始启动的时候我们才赶上车，因为租车公司关门了，到处找人还车差不多耽误了四个小时。

第六章

两位永垂不朽的逝者：
阿连德和聂鲁达

智利都市外围，那些规模庞大的贫民窟叫作"棚户区"，某种意义上，这些地区也是"被解放的领土"——正如阿拉伯城市里的"卡什巴赫"。棚户区居民饱经贫穷历练，发展出一套惊人的、迷宫般的文化。警察和军队若非考虑再三，绝不敢贸然进入这片穷人的蜂巢：在这些街区，一头大象都能消失得无影无踪，入侵者必定会碰上最独特也最灵活机动的抵抗，老套的镇压手段将无处施展。民主制选举期间，这一历史条件让棚户区成为最关键的活动据点，因此，它们历来叫政府头疼不已。对我们而言，棚户区同样关键，因为我们要用纪实电影手法捕捉群众对独裁政权抱有怎样的态度，对萨尔瓦多·阿连德又怀有怎样鲜活的记忆。

首先让我们感到意外的是，对眼下与独裁者缠斗的国内年轻一代来说，流亡领袖的鼎鼎大名没什么意义。他们当然是英雄传说里的主人公，但对当下现实没太大影响。虽然听上去有些矛盾，但这一点恰恰是独裁政府最严重的败笔。本届政府上台之初，皮诺切特将军宣称他的意志是持续掌握政权，直至把民主体制的最后痕迹从未来几代人的记忆里抹除干净。然而，他万万没料到，自己的政权反成了这种灭绝企图的牺牲品。不久前，一群智利年轻人仅凭石块在街头与警察对峙，这个群体搞地下武装斗争，参与秘密政治活动，想建立一个他们自己尚不清楚的新政体。年轻人的激进势头让皮诺切特震怒，他气急败坏地叫嚷，说年轻人之所以激烈反对他，是因为他们对智利的民主一点儿概念也没有。

萨尔瓦多·阿连德的名字支撑着历史。在棚户区，对记忆中的阿连德的崇敬已经到了神化的程度。首先，我们最感兴趣的方面，是了解人们的生活状态、对独裁的厌恶态度，以及他们富于想象力的斗争方式。有关这一切，受访者都由衷而坦率地回答，但答案总是离不开对萨尔瓦多·阿连德的怀念。各式各样的证词可归结为一句话："我一直投票给他，从来不投其他人。"正因如此，阿连德一生中多次成为总统候选人。最终当选前，他曾开玩笑说，将来自己的墓志铭不妨用这句话："这里安眠着萨尔瓦多·阿连德——智利未来的总统。"虽然连续四次被提名总统候选人后才最终当选，但阿连德此前也曾担任众议员和参议员，并多次连选连任。不仅如此，在漫长的议员生涯中，他曾担任过智利这个狭长国度北起秘鲁边疆、南至巴塔哥尼亚的众多省份的候选人。因此，他不仅了解祖国的每一寸土地、土地上的居民、居民的多种文化以及他们的苦难和梦想，也让全国人民都熟识了血肉鲜活的他。跟那些只在报纸和电视上露面或仅在广播里夸夸其谈的政客不同，阿连德的政治生活在平民百姓家展开，他挨家挨户巡访，与人们直接而亲切地交流，这种做法和他的实际职业"家庭医生"是一致的。他能洞悉人心，在政坛又有种近乎动物本能的直觉，这唤起了人们对他不易厘清的复杂情感。阿连德担任总统后，某次游行中，一位男子高举一块不寻常的标语牌站到总统座席前方，牌上写道："本届政府烂得像屎，但它是我的政府。"阿连德站起身为他鼓掌，走下来与他握手。

在我们长途跋涉全国的行程中，没发现有哪个地方未曾留下他的痕迹。总能听到关于阿连德的掌故：有人说阿连德跟他握过手，有人说阿连德是他儿子的教父，有人说阿连德从他家庭院摘下树叶，熬成汤药替他治好了严重的咳嗽，或是为他谋了一份工作，又或是替他赢了一盘棋。阿连德碰过的东西全都变成了人们悉心保留的圣迹。在我们未曾留意的地点，人们会指着一把比其他器物保管得更精心的椅子，说道："他曾在上面坐过。"或者拿出几件小手工艺品给我们瞧："这是他送我们的礼物。"一位十九岁的姑娘，已经生了一个儿子，当时也怀有身孕，她告诉我们："我总是教育我儿子谁才是总统，尽管我自己不怎么了解他，他逝世时我才九岁。"我们问她，还有哪些印象？她回答说："那时我和我父亲在一起，我看见他站在阳台上演讲，挥动着一条白手绢。"在一间悬挂着卡门圣母画像的房子里，我们问女主人，当年是否曾是阿连德的支持者，女士回答说："不能说曾是，现在仍然是。"言毕她取下圣母像，后面藏着一张阿连德肖像。

他执政期间，民间市场上曾出售他的小型胸像，现在，这些胸像被供奉在棚户区各家各户的小祭坛上，祭坛边摆着花瓶和许愿灯。人们心中对他的追思持续高涨，这些人当中有曾四次给他投票的老者，也有人投过三次，还有在他最终当选那次助他一票的人，甚至连孩子们也经由别人讲述的历史而得知了他的故事。接受我们采访的好几位妇女异口同声地说："阿连德是唯一谈到妇女权利问题的总统。"不过，人们很少直言他的姓名，只是说"总统"怎样怎样，仿佛他还在任上，仿佛他是唯一的总统，仿佛人们在等待他归来。留在棚户区居民的记忆里的，远不止他的形象，还有他伟大的人道主义思想。"住房和食物没那么重要，我们想要他们交还的是尊严。"棚户区居民如是说，随后具体补充道：

"我们最想要的是两样被他们夺走的东西：发言权和投票权。"

两位虽死犹生的逝者

在瓦尔帕莱索，能感受到对阿连德更炽烈的崇敬。在这座熙熙攘攘的港口城市，他出生、成长，为日后的政治生涯做准备。在城中一个信仰无政府主义的鞋匠家里，他读到了第一批理论著作，也染上了对国际象棋终生的痴迷。他的祖父拉蒙·阿连德是智利第一所世俗学校的创始人，同时也是智利第一所共济会堂的奠基人。萨尔瓦多·阿连德后来在那里晋升为最高等级的大师。他一生值得追忆的政治活动最早发生在所谓的"社会主义十二天"时期，传奇人物玛尔马杜克·格罗夫[①]策划了这场运动，此人的弟弟娶了阿连德的姐姐。

奇怪的是，独裁政府竟准许将阿连德下葬在瓦尔帕莱索，毫无疑问，这正是他本人所期待的长眠之地。没有讣告，没有葬礼，一九七三年九月十一日夜里，空军一架旧式直升机将遗体运送到这座城市，一路上南方凛冽的寒风从裂缝灌进机舱。陪伴遗体旁边的只有他的妻子奥尔滕西娅·布思和他的妹妹劳拉。军事委员会情报局的一位前成员跟随首批突击队员冲进了拉莫内达宫，他向美国记者托马斯·豪瑟透露，自己见过总统的尸体："头颅炸开，脑浆溅在地面和墙上。"或许是出于这个原因，当总统遗孀要求看一看躺在棺椁里的丈夫的遗容时，军官们拒绝掀开遮挡，只让她见了一具布单覆盖的人形。阿连德被安葬在圣伊内斯墓地的玛尔马杜克·格

---

①玛尔马杜克·格罗夫（Marmaduque Grove, 1878–1954），智利空军将领、政治家，1932年他策划成立的"智利社会主义共和国"仅持续了十二天。

罗夫家族陵园里，墓前除了他遗孀摆放的花束再无他物，花束缎带上写道："智利总统萨尔瓦多·阿连德长眠于斯。"独裁政府原以为用这个方法能冲淡民众的追悼，但这是徒劳的。他的墓地现已成为终年无休的朝圣地，墓石上永远摆放着无名者敬献的鲜花。为了限制祭奠活动，政府谎称遗体已迁往他处，但墓前仍是鲜花常新。

另一位继续受新一代崇敬的人物是巴勃罗·聂鲁达，到海滨黑岛故居纪念他的人络绎不绝。虽名为"黑岛"，但这个富于传奇色彩的居所既不在岛上，也非黑色。这里原本是从瓦尔帕莱索出发、沿圣安东尼奥公路向南四十公里处的一座渔村，村中有参天松柏间黄土铺就的小径，有时常掀起巨浪的绿色海面。巴勃罗·聂鲁达在黑岛有一所房子，那里现今成了全世界恋人的圣地。当意大利组还在瓦尔帕莱索拍摄最后几组镜头时，我和弗朗奇先一步赶到，提前制定拍摄方案。值勤警察给我们指点方位，告诉我们哪儿是木桥，哪儿是旅馆，哪些是聂鲁达诗句里描写过的地点，可最后他却告知我们，故居不准参观。

"可以在外面瞧瞧。"他说。

在旅馆等待摄制组到来的这段时间，我们领悟到诗人在某种程度上已成了黑岛的灵魂。当他还在世时，这里住满了来自世界各地的年轻人，他们手中唯一的导游书就是聂鲁达的《二十首情诗》。他们别无所求，只期望有机会偶遇诗人，或请他亲笔签名，留下黑岛旅行的回忆，就心满意足了。那段日子里，旅馆是个欢闹而嘈杂的地方，聂鲁达时不时现身，身穿色彩花哨的披风，头顶安第斯便帽，身躯庞大，行动迟缓，仿佛教皇一般。他到旅馆来要么是打电话——他怕受打扰，把自家电话拆掉了——要么是来找旅馆老板娘堂娜埃莱娜商量当晚在他家给来宾们准备什么样的晚宴。据说旅馆餐厅水准颇高，因为聂鲁达自己也是世界级的美食专家，能像专业大厨那样亲手烹饪佳肴。他对宴饮礼数非常挑剔，摆桌的细枝末节都不容马虎，会多次更换桌布、杯盘、餐具，直到与当晚菜肴搭配妥帖。他死后十二年，这一切都被萧索之风涤荡得干干净净。堂娜埃莱娜忍受不了怀旧的折磨，迁居圣地亚哥，小旅馆几近破败。然而，伟大诗作终归留下了一点痕迹：最近一场地震之后，黑岛每隔十到十五分钟就能感觉到大地的震颤，夜以继日，从不间断。

黑岛大地每时每刻都在震颤

我们走到松林浓荫掩映下的聂鲁达故居前。故居被大约一米高的木栅栏围住，这原本是诗人修建以保护私人生活的，如今，木板上已长出花朵。一块告示牌提醒游人，房子已被警方密封，严禁入内，严禁拍照。每隔一段时间，都会有巡逻警察走到跟前，他说得更明确："这里禁止一切行为。"由于我们抵达前早就知道是这样，便令意大利摄影师提着笨重又显眼的设备，存心让检查岗哨没收，而实际暗中夹带一台更便携的摄影机。此外，摄制组分乘三辆汽车，为的是在拍摄过程中就能把胶片送往圣地亚哥，假使我们被扣住，损失的也不过是正在拍摄的素材。倘若发生意外，他们就装作不认识我，我和弗朗奇只是两名不相干的无辜游客。

门从里面锁住了，窗户也用白色窗帘遮挡住。入口的旗杆上没有挂旗，因为原先升起旗帜表明诗人在家。不过，在这片凄惨景象中，花园里的盛况倒是引人注目，不知是谁把花圃打理得这样好。聂鲁达的妻子玛蒂尔德在我们成行前不久去世了。军事政变后，她就带走了家具、书籍以及诗人在漂流的一生中收集的所有神圣和富于个人趣味的收藏。诗人在世界不同地方有几套居所，风格都不算简洁，更确切地说，装饰繁复而夸张，令人炫目。大自然的激情被诗人捕捉，不仅融入他的诗作佳篇，还寄托于其收藏的奇特海螺、船首像、梦魇般的蝴蝶、异国情调的杯盏。在诗人的某一栋房子里，你会突然在书房中央撞见一匹已制成标本但仍栩栩如生的马。在他了不起的创造执念中，最为人称道的当属写诗，而成就不那么显著、辉煌的，则是他随意改造房屋结构的任性之举。有套房子的改造很有创意，从客厅到餐厅必先到庭院里转一圈。诗人还备有雨伞，好叫客人不必因为到餐厅吃饭而淋雨着凉。这些荒唐事，没有人比他自己更自得其乐了。他的几个委内瑞拉朋友劝他，怪癖招致厄运，这些收藏品不吉利，可能让主人倒霉。听闻此言，他笑得差点背过气，反驳道，诗歌能破解一切厄运，而他用整整一屋子的骇人收藏证明了这一点。

其实，他的主要居所在圣地亚哥的拉普拉塔侯爵街上。军事政变几天后，他白血病旧疾复发，加之悲郁过度，在圣地亚哥的寓所逝世。寓所被负责镇压的军警分队劫掠，士兵们用他的藏书在花园里点起火堆。聂鲁达在巴黎为人民团结政府担任驻法大使期间，用诺贝尔奖奖金在诺曼底购置了一栋附属于古城堡的老马厩，将其改造成居所。那房子坐落在开满红莲花的水塘边。室内屋顶高挑，仿佛教堂的拱顶，诗人穿着长袍坐在床边接待访客，如主教般威严。阳光透过几扇玻璃彩窗照进来，在诗人周身洒上缤纷的色彩，熠熠生辉。他享受这栋房子的时光不到一年。

不过，在聂鲁达的读者看来，黑岛的房子跟他的诗作更相配。即便诗人去世后，房子处在无人看管的弃置状态，仍有新一代的爱慕者前来参观，而诗人在世时，这些年轻人都还不满八岁。他们来自世界各地，在门户紧锁、阻人擅入的栅栏上画上一颗颗心，将名字首字母嵌进去，再刻上爱的誓言。多数誓言是同一主题的变体：胡安和罗莎阅读巴勃罗的诗而相爱；感谢你，巴勃罗，教会我们什么是爱；我们愿像你一样爱恋。还有一些话，警察未能阻止也没有及时擦去：将军们，爱情永不死去；阿连德和聂鲁达虽死犹生；一分钟的黑暗不会让我们失明。有些铭文镌刻在意想不到的地方，整个围栏给人的印象是，因为空间不够，几代人的文字层层叠叠写到一起去了。如果谁有耐心，能把恋人们全凭记忆写在围栏木板上的零散诗句整理出来，就能还原聂鲁达的诗歌全集。然而，给我们此行留下最深刻印象的是，每隔十到十五分钟，这些文字就会随着从地心传至地表的震荡一起颤动，仿佛获得了生命。围栏想要跳脱地面，木板接合处吱嘎作响，杯子和金属器皿叮当碰撞，好像置身于一艘挺进中的游船。观者有一种印象，似乎整个世界都随着播种在住所花园里的深深爱意而震颤不已。

事实上，我们采取的所有防范措施都没必要。没人没收相机，也没人妨碍拍摄，因为警察都去吃午饭了。我们不只拍摄了事先设计的镜头，收获还比预想的要丰富。这要感谢摄影师乌戈，海上地震令他迷醉，他迎着一波波海浪，跨进齐腰深的海水里。浪涛发出远古的怒吼，不断拍击在礁石上。乌戈是在拿生命冒险，即使没有地震，桀骜不驯的大海也可能会把他甩到礁岩上。但没人能够阻止他。乌戈着魔似的盯住取景器，不受控地不停拍摄。熟悉电影这个行当的人都知道，想指挥或控制亢奋中的摄影师，那是不可能的事。

"格拉齐雅飞升上天"

正如我们之前所计划的，每卷胶片拍摄完后都被紧急送往圣地亚哥，好让当晚出发的格拉齐雅带到意大利。她的启程日期不是随意选择的。整整一星期以来，我们都在研究怎样将迄今为止拍摄的素材送出智利，虽然预先设想了几条秘密渠道，但哪套方案最保险却迟迟没能敲定。正在权衡之际，突然传来新任智利红衣主教弗朗西斯科·弗雷斯诺阁下即将从罗马前来赴任的消息，他将接任年满七十五岁、即将荣休的席尔瓦·恩里克斯主教。席尔瓦主教是团结圣公会的灵魂人物，大众对他充满感戴之情，教士阶层也因他的激励而充满斗争觉悟，这使得独裁者不得不放弃幻梦。

确乎如此。在最贫困的棚户区，有些神父甘愿做木匠、瓦工、手工艺人，与普通居民一起胼手胝足地劳作，甚至还有些神职人员由于参加街头抗议而被警方杀害。政府迎接新主教的兴致原本似乎没那么高——新主教的政治态度还是个谜——相较而言，席尔瓦·恩里克斯主教卸任却让独裁者欣喜雀跃，政府于是批准戒严管制暂停数日，并呼吁所有官方媒体发布盛情欢迎弗雷斯诺主教驾临的新闻。与此同时，以防万一，皮诺切特将军将与家人及一批未透露姓名的年轻部长到智利北方巡视两周。显然他本人或任何一位部长都不宜出席效果难料的迎接仪式。由于相互矛盾的官方决策使人们感到困惑，在城里，实际能容纳六千人的武器广场上，仅有两千人到现场观看迎接典礼,而原先预估人数不会低于六千。

不管怎么说,可以预见,当天下午政府举棋不定,正好创造了将首批胶片送出国去的绝佳时机。我们抵达瓦尔帕莱索的同天晚上,收到了加密的信息:"格拉齐雅飞升上天。"情况是这样的:格拉齐雅到达机场时,发觉检查比往常更严格,但所幸机场也比平时更乱、更拥挤,警方反而协助她托运行李,帮她及时登上了新主教赴任所搭乘的那架班机。

第七章

警方虎视眈眈:
包围圈开始收紧

整个周末，埃莱娜都焦急不安，因为我在康塞普西翁和瓦尔帕莱索持续拍摄期间，跟她中断了联系。万一我失踪了，她的职责是向各处告急，但她也明白，我是个无可救药的即兴表演家，所以把预先约定的告急时间往后拖延了一点。星期六一整晚她都在等。星期天，发现人还没回来，她开始联络可能知道线索的人，但毫无结果。就在她把发出警报的最后期限设定在星期一中午十二点之时，看见我走进了酒店，满腮胡茬，一脸倦容。她曾执行过许多重要而危险的任务，但她发誓说，从来没有哪一次像跟我合作时这样，替这么个不可控制的假丈夫操碎了心。这回她又有理由抱怨了，而且抱怨得天经地义。她付出了不懈努力，经过屡败屡试的多次碰头和细致审慎的规划，才最终敲定当天上午十一点，跟曼努埃尔·罗德里格斯爱国阵线的领导人秘密会晤。

这无疑是我们预先设想的所有行动里最艰难、最危险，同时也是最重要的一次会晤。曼努埃尔·罗德里格斯爱国阵线，几乎集结了皮诺切特政变时刚刚小学毕业的那一代人里所有的热血青年。他们主张联合所有反对派来打倒独裁，恢复民主制，好让智利人民获得决定自己命运的完整的自主权。组织名称源自一八一〇年智利独立运动当中一位富于象征意义的历史人物。这个人物似乎具有轻松摆脱国内外一切监控的超人能力，在当时的智利爱国者被镇压，保皇党重新掌权之后，他始终在驻扎于阿根廷门多萨的独立军和智利境内秘密抵抗组织之间穿梭往来。那个历史时期的诸多因素与当代智利的情况何其相似。

采访爱国阵线领导人，是每个优秀记者梦寐以求的特权，我也不能例外。摄制组成员依照安排各就各位之后，我在最后一刻赶到约会地点。我只身一人，走到神佑街上一个公交车站前，手里拿着表明身份的信物：一份当天的《信使报》和一册《新动向》杂志。什么也不用做，我只需等待有人上前搭话:"您要去海滩吗?"我应该回答:"不,我去动物园。"这在我看来是个荒唐的接头暗语,因为深秋时节没人要去海滩,但爱国阵线的两位秘密联络员事后告诉我,正因为荒唐,才不会被别人误用或碰巧识破。这话有理。十分钟后,我开始担心在一个人来人往的地方自己太过显眼了,而就在此时,我看见一个中等身材的瘦削的小伙子朝我走来,他左腿有点跛,头戴贝雷帽,我心想,一眼就能认出他是个地下党。小伙子毫不遮掩地靠过来,趁他还没说出暗语,我抢先一步开口了。

"你就不能找一套别的行头?"我揶揄道,"凭你现在的穿着,连我都一眼认出来了。"

他先是惊讶,而后忧伤地瞄了我一眼。

"那么明显?"

"一公里外就暴露了。"我说。

这小伙子风趣幽默,身上完全没有密谋者的自以为是,所以刚一接触,就缓解了紧张氛围。就在他靠近我的同时,一辆贴着面包店招牌的小货车停在我面前。我上车,坐在副驾驶位置。小货车在市中心兜了好几圈,然后在不同的等候地点将意大利摄制组的几个成员依次接上车。随即又在五个不同地点分别将我们放下,接着用不同车辆分别将各人再度接走。最终,大伙在另一辆货车上重新碰头,而摄影机、灯光和音响设备早已装在货车上了。我并未感到自己正经历一场现实生活中的严峻冒险,更觉得像在出演一部间谍片。在兜圈子的环节,那位头戴贝雷帽、长着密谋者面容的联络员不知何时消失了,后来我再也没见过他。接替他工作的是一位爱开玩笑的司机,但他工作起来却又一丝不苟。我坐在他旁边,摄制组其他成员坐在后面的载重车厢里。

"我带各位兜兜风,"他对我们说,"闻一闻智利海水味。"

他把收音机音量调到最高,开始在城里绕圈子,后来我已经不知道身在城市何处了。然而,这对他来说还不够,他喝令我们闭上眼睛,说了句我已不大记得的智利方言:"好的,孩儿们,现在该'困觉'了。"见我们没有反应,他便直截了当地命令道:

"好啦,现在把眼睛都给我闭得死死的,我让你们睁眼再睁开,谁要是不听话,咱们今天的事就拉倒!"

他跟我们解释,平时执行特别行动,他们会带来特制的盲人眼镜,这种眼镜的外观跟普通太阳镜没区别,但戴上之后会发现不透光。不过这一趟他忘了把眼镜带来。坐在后面的意大利人听不懂他的智利黑话,我只好给他们当翻译。

"你们都睡觉吧。"我对他们说。

于是他们更犯糊涂了。

"睡觉?"

"按我说的办,"我对他们说,"躺下,闭眼,我通知你们睁眼时再睁开。"

精准测距:十首博莱罗舞曲

他们挤在一起,躺倒在货车地板上,而我继续努力辨识着货车驶过的街区,但司机毫不含糊地对我说:

"您也照办,伙计,也给我'困觉'吧。"

于是我把后脑勺倚在座椅靠背上,闭上眼,任自己在收音机里不断流淌出的博莱罗舞曲中漂流。劳尔·楚·莫莱诺,鲁乔·加蒂卡,乌戈·罗马尼和莱奥·马里尼,那些永恒不朽的博莱罗曲啊。岁月流逝,一代人走了一代人来,但智利人对博莱罗曲的倾心,任何国家的人都比不上!每隔一段时间,货车就会停下来,接着传来一阵含糊不清的低语,然后就听到司机喊："嘿，再会了！"我想，他肯定是在跟路线关键点的战友们讲话，汇报沿途情况。有一刻，我试图睁开眼睛，以为司机不会瞧见，谁想他早已挪动了后视镜，以便在驾驶和跟联络人交谈之余，还能用目光扫视我们。

"注意哦，"他对我们说，"只要谁一睁眼，咱们就掉头回家，兜风结束！"

我赶紧紧闭双目，开始随着收音机哼唱："痴心献伊人，伊人知我心……"躺在货车车厢里的意大利人也跟着我唱。司机情绪高涨了。

"孩儿们，这就对啦，继续唱吧，唱得不赖。"他又说，"有我在，你们放一百个心。"

流亡之前，圣地亚哥有些地方，我闭着眼睛也能认出来：从陈年脏血的臭味，能分辨出屠宰场；从机油味和铁道建材味，能分辨出圣米格尔区；我在墨西哥旅居多年，一闻到造纸厂那不容混淆的味道，就知道离古埃纳瓦卡区的出口不远了；凭石油精炼厂的烟味，就知道到了阿兹卡波查尔科区。但那天中午在圣地亚哥，虽然在唱歌之余，我受到好奇心驱使而不断搜寻，却没闻到任何熟悉的气味。十首博莱罗舞曲播放完毕，货车停了下来。

"别睁眼,"司机急忙吩咐道,"现在我们小心地挨个儿下车,大家手牵着手,别摔坏了屁股。"

于是我们照办,开始沿一条起伏的沙土路上上下下,这条路可能相当陡,而且背阴。最后我们来到一片暗处,不那么冷了,而且能闻见新鲜海产的味道。一时间,我甚至以为到了瓦尔帕莱索的海边,但我们路上没走那么久。当司机命令我们睁开双眼时,我们发现我们五个人正挤在一个狭窄的房间里,四壁清洁,家具廉价却保养良好。在我眼前的是一个衣装考究的年轻人,他脸上相当随意地粘着一道假胡子。我忍不住笑出声。

"你得化妆得仔细点,"我对他说,"这个假胡子谁也骗不了。"

他听完哈哈大笑,随手扯去了胡子。

"刚才太匆忙了。"他解释道。

窘境彻底打破,大家有说有笑地进了另一个房间。房间里,一个年纪轻轻的男子头裹绷带,卧在床上,似乎在闭目养神。此时我才发现,我们到了一座设施齐全的地下医院,而床上的伤员正是费尔南多·拉雷纳斯·塞格尔,智利政府头号通缉犯。

他二十一岁,是曼努埃尔·罗德里格斯爱国阵线的中坚力量。两周之前,某天夜里凌晨一点,他没带武器,独自一人驾车返回圣地亚哥自己家时,被四名端着机关枪的便衣包围了。没人向他下命令,也没人发问,其中一人隔着车窗玻璃举枪射击,子弹打穿了他的左臂,划伤了颅骨。四十八小时后,曼努埃尔·罗德里格斯爱国阵线的四位骨干在枪战中把他从雪山圣母医院营救出来,送到了抵抗组织的四家秘密医院之一。此前,他在警方监控下处于昏迷状态。我们采访当天,他已在康复阶段,面对我们的提问也能侃侃而谈。

这次会晤之后没几天,爱国阵线最高指挥部接待了我们,见面程序还保持同样的间谍片似的谨慎风格,但有一个显著差别:这次不是在地下医院,而在一栋舒适、温暖的中产阶级私宅,家中收藏有一整套音乐大师的唱片,设有一间典雅的文学阅览室,其中大多数藏书都经翻阅,这一点不少藏书丰富的私人图书馆都做不到。起初的设想是,让组织领导人戴上兜帽接受采访,但最后决定用布光效果和取景角度来解决,确保他们的身份不暴露。正如影片中所见,这样的采访影像更有说服力,也更有人情味,不像传统的采访秘密领袖的效果那么阴森可怖。

结束了一系列与公众人物和秘密人士的会谈采访后，我和埃莱娜达成协议，她先返回欧洲进行常规工作，她曾在那里生活过一段时间。她肩负的政治任务干系重大，除了非她莫属的情况，没必要让她长时间置身险境；况且到目前为止所获得的经验，足以让我在没有她协助的情况下完成影片的收尾工作，这部分任务估计没那么危险。直至今天，我再没见过埃莱娜。当望着她走向地铁站，再次身着苏格兰裙和女学生的软皮鞋时，我才意识到，经历了长时间的伪装恋情和共同的担惊受怕之后，我对她的思念远比想象的更加强烈。

　　考虑到外国摄影团队可能会被不可抗拒的势力驱逐出境或禁止继续拍摄，国内抵抗组织的一个部门从自己队伍里选拔了一批青年电影人，来协助我拍摄。选得再合适不过了。这支团队像其他组一样优秀，办事高效，成果显著，而且他们了解工作性质，因此热情更高。他们的政治组织向我们保证，这支团队不仅值得信赖，而且身经百战。后来，当外国摄制组需要更多人手在棚户区拍摄时，这支智利摄制组还负责组建新的摄影队，新团队又派生出更新的团队。到了最后一周，我们有六支智利摄制组在不同地点同步工作。这批年轻人还让我更充分地体会到，新一代有决心把智利从军事独裁的灾难中解放出来，而且不急不躁，卓有成效。虽然年纪轻轻，但他们每个人不光对未来满心憧憬，还早已有了不为人知的成绩和未曾宣扬的胜利，这一切，他们都以极大的谦逊藏在心中。

包围圈开始收紧

我们采访爱国阵线领导人的那几天，法国摄制组出色完成了预定计划，从北方回到圣地亚哥。北方影像是不可或缺的，因为在历史上，那里是智利各党派形成的关键区域。从路易斯·埃米利奥·雷卡巴伦在二十世纪之初创建第一个工人党到萨尔瓦多·阿连德，我们可以看出，北方的政治问题和意识形态有很强的延续性。该区域是世界上铜矿资源最丰富的地区之一，早在十九世纪工业革命之际，英国人就在那里推进工业化，由此促进了智利工人阶级的诞生。无疑，在拉丁美洲举足轻重的智利社会运动也诞生在北方。阿连德上台后，他最有效、也最冒险的政策就是铜矿国有化。而皮诺切特上台伊始，最早的政令之一，就是重新将铜矿出卖给旧主。

法国摄制组负责人让·克劳德的工作报告详细而丰富。我得想象这部分影像出现在银幕上的样子,以免破坏影片的整体性,因为只有等完成所有工作返回马德里后才能看样片,到那时再做调整恐怕为时已晚。我和让·克劳德会面,但没有约在一个固定地点,而是在那个非凡的秋日早晨游荡在城市各处,边走边谈。这固然有安全上的考虑,但更主要的原因是没有比在智利故乡散步更惬意的了。我俩在市中心散步,登上乘客稀少的公交车,在人流如梭的地段喝咖啡,就着啤酒吃海鲜,天黑了才发现离酒店已经很远了,于是钻进了地铁站。

我不熟悉圣地亚哥地铁,虽然这项工程此前由弗雷政府着手修建,阿连德政府继续推进,但直到军事独裁期间才竣工。地铁的清洁和高效令我惊叹,而同胞们早已适应地下出行,显得悠然从容,同样叫我意外。到那时为止,我还没探索过这个空间,因为一时没找到令人信服的理由来申请拍摄。不过,想到地铁是法国人协助修建的,让·克劳德领导的法国摄制组就有理由工作了。走到佩德罗·巴尔迪维亚车站时,我俩正在商量这件事。刚迈上出站口的台阶,我突然有一种强烈的感觉：有人正在监视我们。的确如此。一个便衣警察正对我们虎视眈眈，他的目光和我的目光在半路碰上了。

那时，我已经学会在人群中辨认便衣警察。虽然他们自以为穿着便服，但那样的外表谁也不会认错：他们都穿着过时的、长至膝盖的深蓝色外套，留着入伍新兵式的寸头。但首先引起我注意的是他们看人的方式，因为普通智利人从来不注视路上的行人，走路或开车都目不斜视。因此，假如某个体格魁梧的男人明知自己被发觉了还盯着你瞧，就能立刻推断出他是个便衣警察。此时他双手插在厚呢子大衣的口袋里，嘴上叼着烟，因为烟熏而眯起左眼，差不多是电影里侦探形象的拙劣模仿。不知为何，我猜想他会不会就是"胖子罗莫"。罗莫是独裁政府雇佣的一名杀手，曾伪装成激进的左派，不少地下运动的积极分子都是被他告发而惨遭毒手的。

我承认盯着他看是个严重失误，但那不可避免，因为当时不由自主，是一股下意识的冲动。而后，同样出自本能冲动，我先往左看，再往右瞧，发现了另外两个便衣警察。"随便跟我聊点什么，"我低声对让·克劳德说，"只说话，别打手势，也别往四处看，什么都别做。"他领悟了我的意思，我们两人继续若无其事地往上走，直到走出地铁站。夜幕已经降临，空气比前两天更暖和、更清新，有很多人沿着阿拉梅达大街疾步回家。于是我跟让·克劳德告别：

"你快撤离吧，"我对他说，"稍后我跟你联系。"

他往右跑开了，我则朝反方向混入人流。一辆出租车从我面前驶过，就像是我母亲专门派来的。我立刻叫住它，钻进车里，回头望见三个便衣从地铁口出来，四顾茫然，不知该追踪让·克劳德还是追踪我。出租车驶远，三人消失在人流中。经过四个街区之后，我跳下车，往相反方向打了一辆车，接着又换乘一辆，再换乘一辆，直到看起来他们不可能再跟踪我为止。唯有一件事，我当时没想通，现在也没搞懂，那就是便衣为什么追踪我们。碰到第一家电影院时，我让出租车停下，也没看清正在放映什么就钻了进去。纯粹是职业病，我一如既往地坚信，没有比电影院更安全、更适合思考的环境了。

"先生，喜欢人家的翘臀吗？"

原来影院节目是先放电影，后进行现场表演。我还没坐稳，放映就结束了。灯光亮度打到一半，节目主持人走上台来，把后面的演出吹得天花乱坠。我惊魂未定，不住地回头看影厅门口是否有人尾随我进来。结果邻座也纷纷回头，这种不可抑制的好奇心几乎是人类行为法则，就像大街上有人望天空，周围人群肯定也会停住脚步，举头研究别人究竟在看什么。不过在这座影院里，毫无疑问还有一条额外的理由。这地方整个都不太对头。装潢，灯光，情色电影，特别是台下清一色的男观众，真不知都是从哪儿冒出来的，各个都长着逃犯的面孔。所有人都像隐姓埋名的可疑分子，而我比其他人显得更可疑。对任何警察来说，不管有没有证据，眼前都堪称一场嫌疑犯大会。

演出安排让现场违禁表演的氛围越发强烈了。主持人逐一介绍舞台上的脱衣舞娘，不过那些描述用到菜单的一道道菜肴上可能更合适。女郎们上场时比她们降生人间那会儿还要赤裸，浑身涂脂抹粉，想炮制些许自己不具备的气质。她们纷纷登台亮相后，舞台上只留下一个身材浑圆的黑皮肤姑娘，她搔首弄姿，摆出口型，假装在演唱萝西奥·胡拉多[①]

[①] 萝西奥·胡拉多（Rocío Jurado，1946–2006），西班牙女歌手、演员。

的歌,其实不过是播放出来的震耳的唱片录音。我正盘算着何时开溜,那黑姑娘手拿拖线话筒走下了舞台,一边开下流玩笑,一边向观众提问。我拿捏着逃跑的好时机,却突然发现自己被罩在追光灯下,紧接着传来了假冒萝西奥的粗鄙嗓音:

"嘿,那位先生,您的秃头真是太优雅了。"

指的当然不是我,而是另一位,但不幸的是,那位先生同时也是我,我不得不替自己伪装的角色回答。女郎拖着话筒线走到我跟前,说话时离我很近,我都能闻见她呼吸里的大蒜味。

"您觉得我的臀部怎么样?"

"很美,"我对着麦克风说,"你还指望我说什么呢?"

然后她转身背对着我,在我眼前摇晃屁股,几乎碰到我的脸。

"先生,喜欢人家的翘臀吗?"

"喜欢,"我说,"怎么能不喜欢。"

我每一次回答之后,扩音器里紧跟着都会传出录制好的哄堂大笑,就像美国电视上的弱智娱乐节目。这种音效还真必不可少,因为影厅里没人笑,众人看起来都希望自己变成透明人。脱衣舞女郎离我更近了,蠕动着贴向我的脸,原来

133

她是想让我看清她屁股一侧的痣,那颗黑色的痣上长着毛,像只蜘蛛。

"喜欢人家的痣吗,先生?"

她每问一个问题,都会把话筒贴在我嘴上,好让我的回答高声传出去。

"当然,"我说,"你浑身上下都美极了。"

"那先生,假如我提议咱俩在床上过一夜,您会怎么对我呢?来吧,把你的心思统统讲出来。"

"嗯,我不知道该说什么,"我回答,"不过肯定很销魂吧。"

折磨人的问答没完没了。而且我在慌乱中忘记了要伪装乌拉圭口音,临了还想弥补这个失误。于是她模仿我含糊的口音,问我从哪儿来。我解释之后,她惊呼道:

"乌拉圭人床上功夫可厉害了,您怎么样?"

我别无退路,只好沉下脸来。

"对不起,"我说道,"请别再向我提问了。"

她发觉跟我已经无话可谈,便转身寻找下一个对话者去了。某个时候趁着退场不会惹人注意,我迅速逃离了影厅,往酒店走的一路上心里越发惶惑不安,怀疑当天下午发生的一切都绝非偶然。

134

第八章

注意：
有位将军准备说出一切

除了埃莱娜提供的联络网，我还约旧友筹划了一支从旁协助的工作队，这支工作队又帮我招募了几支由智利人构成的摄制组，如此一来，我们就能在棚户区畅行无阻了。从康塞普西翁刚回来的那几天，我第一个联系的人是埃洛伊莎，她是一位优雅漂亮的女士，嫁给了某著名实业家。她还把自己的婆婆介绍给我，这位孀居的七十多岁老太太机智果敢，虽然平时孤独度日，看电视剧消磨时光，但她心中的金色梦想却是在现实生活里作为主角，来一场真刀真枪的胆大冒险。

我和埃洛伊莎在大学期间就一同参加过政治活动，萨尔瓦多·阿连德最后一轮总统大选期间，我俩曾在竞选宣传部门共事，那时友谊就已经很牢固了。刚入境智利那几天，我碰巧听说她现已成为一家公关公司的明星人物，便忍不住想打个匿名电话，证实一下那是不是她。接电话的嗓音沉静而果断，确实像她，可谈吐间某些措辞又让人心生疑惑。于是当天下午，我只身来到孤儿街上一家咖啡馆蹲守，那里能望见她办公室的门口，不久她本人便出来了。虽然我俩都经历时光洗练，但十二年的光阴竟没在她身上留下任何痕迹，她甚至比从前更加端庄、更加美丽了。那天我还进一步确认了她身后没跟着那种穿制服的司机，作为有影响力的资本家的妻子，雇私家司机是很寻常的事，可她却是亲自驾驶一辆银光炫目的宝马635轿车。于是，我给她寄了一封短笺，信上只有一句话："安东尼奥在这里，他想见你。"安东尼奥是我大学期间参加政治运动时用的化名，这名字她熟悉，我相信她没忘。

我判断得没错。次日中午一点整，银光闪耀的豪车从阿波琴多街的街角转过来，而后减速停在雷诺车经销处前。我跳上车，带上车门。埃洛伊莎错愕了一下，直到我嘿嘿地笑出声，她才认出我来。

"你疯了！"她说。

"这还用问？"我回答她说。

我们商量去我初到圣地亚哥的时候独自光顾过的那家餐厅吃午饭，但今天餐厅门前却封上了木板，上面的说明更像是一句墓志铭："本店永久歇业。"于是我们去了周边一家我比较熟悉的法式餐厅。名字记不清了，但餐厅环境相当舒适，服务也好，正对着全城最知名、最雅致的一家汽车旅馆。埃洛伊莎发现旅馆前的轿车有不少属于她公司的老顾客，她打趣说，我们两人吃午餐的工夫，那些名流们正忙着寻欢作乐呢。她开玩笑时那种成熟的气度，一直让我很欣赏。

我直入正题。我毫无保留地告诉她这次秘密潜入的初衷，然后恳请她帮忙物色几个联络人，像她这样受到阶级特权保护的女性，做这项工作的风险相对小一些。当时，还没有合适的政界人物出手帮忙，我们在棚户区拍摄处处受掣肘。我建议埃洛伊莎帮我联络几位人民团结时期我们共同的朋友，对我来说，他们隐蔽在蛰伏的迷雾之后，寻找起来着实不易。

她不仅怀着极大的热情答应了我的请求，而且接连三个晚上陪我参加秘密集会。乘坐她驾驶的那辆尊贵轿车前往某些城区，风险应该会小一些。

"没人相信宝马635的车主是独裁政府的敌人。"她戏谑道。

多亏了这辆车，有一天晚上我才没被逮捕。那天我和埃洛伊莎在某个秘密集会上碰上了一次停电，因为那些日子，抵抗组织曾多次破坏供电系统。有关停电的情报，集会负责人预先就告知我们了：第一次断电持续大约四十分钟，第二次一个小时，最后一次圣地亚哥全城将断电两到三天。这场秘密会议很早就开始谋划，因为考虑到断电期间镇压部队将极度紧张，近乎歇斯底里，会不加区别地在街头大肆围捕，手段也将异常残酷。再加上还有宵禁。但最后关头，断电还是给我们造成了一些不便，当天会议的主要事项还没谈完，第一次停电就开始了。

会议的政治领导人叮嘱我和埃洛伊莎，稍后灯一亮就立即离开，其他人再分头撤离。我们依计划行动，供电系统刚一恢复，立刻驾车从山脚下一条没铺柏油的大路离开。意外的是，转过一个弯道，却迎头撞见国家情报中心的车：几辆小卡车分列道路两侧，夹出一条甬道。便衣特工手持微型冲锋枪。埃洛伊莎试图停车，我劝她别停。

"不停不行吧。"她说。

"继续开，"我宽慰她，"别紧张，继续跟我聊天，继续说笑，他们不命令停车你就别停。合法证件我都备齐了。"

说话间,我摸了一下口袋,五脏六腑顿时凉透了:装证件的钱夹我没带在身上。一个便衣往路中间一站,举手示意停车。埃洛伊莎只得停下。那人走过来,用手电筒的光照亮了我们两人的脸,又向车内扫了一圈,一句话也没说就放行了。埃洛伊莎说对了:没人相信这辆豪车的主人有政治威胁。

会跳伞的老祖母

正是那几日,埃洛伊莎把自己的婆婆介绍给我认识。从第一次见面起,我们就一致决定把这位老太太叫作克莱门西娅·伊绍拉,至于当时是怎么冒出这个念头的,现在也说不清了。事先没打招呼,我俩在某天下午五点跑到高档社区七二七号的奢华私宅里拜访了她老人家。一进门就瞧见老太太像平常一样安详地饮茶,品嚼英国饼干,不过客厅里还回荡着重型武器扫射时子弹的呼啸声,电视荧屏上正播放血腥场景。老太太身着私人定制的名牌礼服,戴着帽子和手套。她习惯在下午五点喝茶,即便孤身一人,也要打扮得像参加生日宴会一般整齐。不过，这套近乎英国小说的生活排场跟她本人的性格并不完全相符。虽然她婚后育有子女，但这并不妨碍她在加拿大学习驾驶滑翔机，在跳伞方面也取得了优异成绩。

得知我们是请她帮忙完成一项事关重大而危险的地下行动，老太太立即应道："好啊！这里的生活太无趣了，不外乎是怎么穿衣打扮才更优雅，忙了半天却不知道为了什么。"不过，等我向她透露，具体目标是在难以进入的城区寻找五位旧友，她似乎大失所望。

"我还以为，至少是让我放炸弹呢！"她说。

我不想通过抵抗组织的常规渠道寻找这五个人。他们都是早在人民团结时期之前就跟我合作过的。五人当中无人流亡。其中一人就是在军事政变当天通知艾丽，说军方要在智利电影公司大楼前枪毙我的那一位。另一人在政变后第一年被关押在集中营里，出来后继续在圣地亚哥生活，表面上过着寻常日子，实际上不知疲倦地从事地下政治工作。另一人在墨西哥待了一阵子，在那里联络智利流亡者，而后凭合法身份证件回国参加抵抗运动。还有一人在戏剧学院时就跟我合作过，后来和我一道创作过影视作品，现今他成了一名活跃的工人领袖。最后一人在意大利待了两年，回国后当了运输卡车司机，这背景一定能让他圆满完成联络工作。这五个人全都改换了住址、职业和身份，如何找到他们可以说全无头绪。在智利，有成千上万的人像这样生活，换了跟一九七三年之前截然不同的身份，同时暗地里为抵抗运动工作。克莱门西娅·伊绍拉面临的挑战是找到关键线头，再顺势理出整个线团。

此外，她所做的试探性接触至关重要：向老友们透露我在智利的行踪并谋求帮助前，得判断一下他们的态度。我不知道老太太具体是怎么办到的。离开智利前，我没能找到充裕的时间跟她见面长谈，很多细节没向她多问，因为当时我还没想过要在本书中叙述她的冒险经历。她只是告诉我，她从没在电视上看过任何一部电影像她所经历的那样惊心动魄。

不过我知道她在棚户区奔波了好几天，东问问，西找找，所凭借的仅仅是我告诉她的那点儿几乎已从记忆中抹除的模糊线索。我建议她改变一下着装风格，以便混迹在穷人们中间能显得自然些，但她没听我的。行走在圣地亚哥屠宰场旁喧闹逼仄的小路上时，她仍旧穿着喝茶、吃英式小饼干的礼服。一位优雅的老妇人，流露出可疑的好奇心，反复打听某个似是而非的地址，谁要是突然碰上这么一位，肯定觉得十分诧异。但是，克莱门西娅·伊绍拉身上那种不可抗拒的亲切感和温暖的人情味，迅速赢得了别人的信任。事实是，仅仅一周后，她就找到了五位失联者当中的三位，甚至还邀请他们到七二七号私宅聚餐，一场社交晚宴恐怕也不会比那次聚会更精致、更隆重了。就这样，第一支智利工作队问世了，紧接着拍摄各大棚户区的联络人也相继敲定。负责下一阶段联络工作的是一位可敬的小个子姑娘，一个让人难以忘怀的参与者：虽然她性格谦逊，丝毫不引人注目，但超乎寻常地勤奋，从事秘密组织工作也很有心得。在其运作下，拍摄棚户区期间没碰到任何麻烦事。大家用一个绰号称呼她，其实我们也只知道这唯一的称呼，既符合她的形象，也是对其勇气的赞颂：无敌小蚂蚁。

接近"通用电气"的漫漫长途

在克莱门西娅·伊绍拉忙碌的同时，通过埃洛伊莎牵线，我利用拍摄间隙开始接触一些高层人士。一天晚上，我和埃洛伊莎在一家豪华餐厅等一位秘密联络员,那人最终没有现身。等人的时候,走进来两位胸前佩戴着徽章的将军,埃洛伊莎远远地朝他们招手,手势亲昵,这让我心底充满某种不祥的预感。其中一人走到我们的桌前,站着跟埃洛伊莎聊了几分钟社交界的琐屑小事,始终没瞟过我一眼。我不能确定那人的军衔,因为我一直没学会辨别将军们的星级和酒店的星级有何不同。等他坐回自己的餐桌,埃洛伊莎与我低声耳语,第一次向我谈到她在军界高层有些人脉,因为业务关系,她跟高级将领时有往来。

在她看来,皮诺切特政权不倒的原因之一是,他促使同辈将领们退休让位,同时把一批从前与他的资历相差甚远的青年军官提拔到高位。这批青年军官算不上他的盟友,几乎不了解他,但绝大多数遵从他的命令,无条件效忠。但与此同时,这也是皮诺切特政权的软肋:很多青年将领认为,他们不该为阿连德总统的死以及后来那些年的血腥镇压和篡权罪行负责,他们觉得自己的双手是干净的,因此他们相信,迟早要跟公民达成共识,非暴力地回归民主制。见我一脸惊讶,埃洛伊莎进一步说:至少她认识的一位将军准备把军界内部的深刻分裂公之于众。

"他正想着把一切说出来,不吐不快。"她说。

这个消息令我震动。说不定能将这样一段惊人的证词加入我的影片,这个念头完全颠覆了对未来几天的预想。不利之处是,埃洛伊莎不能冒险牵线,况且她也没时间筹划,因为两天后,她就要随丈夫赴欧洲开始为期三个月的旅行了。

不过,几天之后,克莱门西娅·伊绍拉紧急把我召唤到她家,交给我一份埃洛伊莎留下的联络暗号,有了暗号就能联系到"通用电气"[①]——我俩此前已给这位持异见的将军起了个秘密代号。那是一副单人电子象棋棋盘,尺寸很小,从第二天起,我就要带着它在下午五点到圣方济各教堂等候。

我已经不记得上次进教堂是什么时候了。但这回引起我注意的是,许多男男女女在教堂里读小说或看报纸,玩纸牌,做针线活,孩子们在玩猫捉老鼠一类的儿童游戏。那一刻我才领悟埃洛伊莎为什么留给我一副电子象棋棋盘,一开始我还觉得,走进一所教堂而不想引人注目,电子象棋大概是最不恰当的道具了。正如我抵达圣地亚哥的第一晚就在街边注

[①] 原文为"General Electric",即通用电气公司。其中"General"一语双关,暗指将军。

意到的，人们喜欢待在傍晚的暗影之中，显得沉默而阴郁。其实，在人民团结时期之前，智利人就是这副神情。阿连德在大选中占据优势那一刻，人们看到他胜利在望，于是巨变发生了，阿连德的胜利将智利骤然变成了另一个国家：人们在大街上载歌载舞，在街边墙上作画，在露天演戏、放电影，所有的人都融入群众游行的队伍中，每个人都不吝表达生活的欢乐。

连续两天，我一直跟另一个乌拉圭国籍的自己下棋，后来终于听到身后传来一阵女性的低语。我坐着，而她跪在我身后的靠背椅上，这样一来，她几乎是同我耳语。

"什么也别看，什么也别说，"她用忏悔似的低沉音调对我说，"记住我要告诉你的电话号码和接头暗号，我走后过至少十五分钟你再离开教堂。"

她起身走向主祭坛，我这才发现，她是一位年轻漂亮的修女。我只需要默记暗号，因为电话号码我已经用卒子标记在电子棋盘上了。我本以为这条渠道能让我最终接近"通用电气"。然而事实并非如此。接下来的几天，我严格按照指示拨打电话，但焦虑感与日俱增，因为电话那边总是重复同一句回答："明天再联系。"

147

谁了解警方？

在我最意想不到的时候，让·克劳德带来了一条让我深感意外的坏消息。巴黎一份报纸根据法新社驻圣地亚哥分社传来的消息，刊登了一则新闻：有三名在圣地亚哥工作的意大利摄制组成员，出于不明动机在拉莱瓜贫民区拍摄，由于事先未申办许可证，现已被当地警方逮捕。

弗朗奇认为，我们已经触碰底线了。我则试图冷静地对待这则消息。让·克劳德并不知道除他们组之外还有跟我一道工作的摄制组，正如其他组不知道法国组的存在。他的慌张出自类比：既然有人处在跟他相似境地而被捕，那他也面临同样的风险。我努力让他放宽心。

"别担心，"我对他说，"跟咱们没关系。"

他刚一离开，我就动身去找意大利组，发现他们平安无事，正各司其职。格拉齐雅已从欧洲赶回来，归队工作。不过，乌戈证实说，法新社的消息在意大利也见报了，尽管意大利新闻社稍后已经辟谣。糟糕的是，这个假新闻却提到了三位成员的真名，且消息不胫而走。这毫不稀奇。独裁高压之下的圣地亚哥谣言满天飞，往往一天之内，新谣言便要经历酝酿而生,耸人听闻地添油加醋,最后消弭于无形的过程,但它们大多并不是空穴来风。关于意大利组的消息也不例外。前一天晚上,小组参加意大利使馆的一个接待晚会,那时关于他们的谣言已有不少;小组成员一进门,上前迎接的正是通信部部长,他用所有来宾都能听到的嗓门大声说道:"看见了吗?现在到场的就是被逮捕的三个囚犯。"

得知这条电讯以前,格拉齐雅就有个印象:有人跟踪他们。然后,使馆联欢会后他们回到酒店,察觉到似乎有人动过他们的行李箱,翻查过证件,但什么也没丢。或许是紧张引起的错觉,但也可能是有人故意搜查以示警告。无论如何,我们有理由相信,情况确实不妙。

当天晚上,我通宵没睡,写了一封致最高法院院长的长信。信里解释了秘密归国的情由,我想,手里应该备好这样一封信,以防突然被捕。这么做不是突发奇想,而是随着包围圈不断缩小,应急工作变得更加急迫而深思熟虑。不过,在最初的构思中,所谓信只是一个富于戏剧性的句子,犹如一个海难幸存者在投向大海的漂流瓶中留下的信息。但行文当中我才意识到,需要给自己的行动注入一种政治和人道上的合法理由,因为在某种程度上,我不得不传达千千万万像我一样抱恨流亡的智利人的情感。我多次提笔起头,又多次揉烂曾在上面反复修改的信纸;整宿我都把自己锁在昏暗的酒店房间里,某种意义上,这间斗室也是我在故土流亡期间的一处藏身之所。当长信最终完稿时,教堂早已敲响晨间弥撒的钟声,打破了宵禁的沉寂。在那个难以忘怀的秋日,第一缕阳光艰难地穿透晨雾,照进屋来。

第九章

母亲也没认出我来

其实，完全有理由担心，警方已经掌握了我潜入智利的情报，获悉了我们正在做的工作的性质。我们在圣地亚哥差不多待了一个月，摄制组在公共场所现身的频繁程度已经超出了约定的安排；我们跟各色人等接触，很多人已经知道是我在执导这部影片。我当时已能自如地使用新身份了，以至于时常意识不到在用乌拉圭口音讲话，在实际行动中也不再严格依照潜伏者的准则办事。

起初，会议都是在车上举行的，汽车漫无目的地全城漫游，每开四五个街区就更换一辆。这法子太繁琐，有时候我们自己制造的险情，比试图避免的危险更糟糕。比如某天晚上，我在神佑街和洛斯莱昂内斯街的街角下了车，按计划，五分钟后应该有一辆蓝色雷诺12重新接上我，车子挡风玻璃上贴着动物保护协会的标志。一辆车准时开来，正是雷诺12，正是闪亮的蓝色，因此我也没留意是否有标志就坐上了轿车后座。车上坐着一位珠光宝气的女士，虽近中年，仍光彩不减，身上香水撩人，她那件玫瑰色貂皮大衣的价格是这辆车的两到三倍。这位女士是圣地亚哥上流社会的典型，这一点绝无偏差，只是像她这样的人物并不常见。见我坐进车来，她惊得张口结舌，为了让她安心，我赶紧说出暗语。

"现在这个时间，到哪儿能买把雨伞？"

穿制服的司机扭头朝着我吼道：

"滚下去，不然我报警了。"

我这才注意到挡风玻璃上没贴标志，心里暗想眼前的情景实在荒诞尴尬。"实在抱歉，"我说，"我可能上错车了。"但此刻那位女士已恢复了镇静，她一边拉住我的胳膊，一边用女高音般的甜美嗓音安抚司机。

"这会儿，巴黎百货商场还开着吗？"她问司机。

司机认为可能开着，她便执意载我去买伞。这位女士不光漂亮，而且优雅、热情，让人不由得想把暴力镇压、政治抗争和艺术创作抛诸脑后，这一晚随她沉溺在亲密的氛围里。她把我放在巴黎百货商场门前，还道歉说不能亲自陪我去挑一把中意的雨伞，因为她要去接丈夫，然后去听一位世界著名钢琴家的演奏会——钢琴家的名字我想不起来了——现在已经迟到半小时了。

这种险情时有发生。每次秘密会面，我们用越来越简短的暗号来明确彼此身份。从第一次问候起，我和地下联络员就交了朋友，我们不立刻说工作的事，而是会耽搁半晌讨论政治时局，就电影新片和文学新作互通想法；我也会主动聊起想见哪几位共同的朋友，虽然有人力劝我克制这种冲动。或许是为了免除警方怀疑，一个联络人赴约时还带了自己的小儿子，那孩子情绪激昂地问我："《超人》电影是你拍的吗？"就这样，我开始意识到完全可以在智利隐居，就像数以百计的秘密归国者那样，隐姓埋名过普通人的日子，而不用忍受刚回国时的紧张感。那一刻这种感想太强烈了，要不是尚未兑现拍摄这部电影的承诺——不仅是对国家、对朋友的承诺，也是对自己的承诺——我可能会就此改换职业和社会环境，以本来面目在圣地亚哥生活下去。

但是，由于怀疑警方正在身后步步追踪，出于最起码的谨慎，我们不得已要采取另一种工作方式。此时，能否进入拉莫内达宫拍摄还悬而未决，申请许可的手续不知为何一再被拖延；能否拍摄蒙特港和中央谷地尚不能敲定，设想当中采访"通用电气"的计划也无法落实。另一方面，我想亲自拍摄中央谷地，因为我在那里出生并度过了少年时光。我母亲仍生活在那里，住在贫困的帕尔米亚村。但有人已经断然告诫我，考虑到最重要的安全因素，此行绝不要探望母亲。

眼下，当务之急是重新安排外国摄制组的工作，以便让组员们冒最小的风险结束各自任务，尽快返回自己的国家。只有意大利组需要留在圣地亚哥，跟我们一起拍摄拉莫内达宫。法国组一旦拍摄完预计在几天后举行的"饥饿进军"游行，就返回巴黎。

荷兰摄制组在蒙特港等我，一起拍摄靠近南极圈的风貌，此后经由巴里洛切的边境通道，离开智利前往阿根廷。三支摄制组都离开时，全片百分之八十的内容也就基本完成了，胶片将被妥善地保管，送至马德里洗印。艾丽非常高效地完成了她的工作，我回到西班牙时，胶片已经准备停当，只待剪辑了。

"利廷回来了，拍完电影了，又离开了"

鉴于那段日子情况晦暗不明，最恰当的做法似乎就是我和弗朗奇假装离境，之后更审慎地重新潜入智利。蒙特港之行给我提供了一个宝贵的机会，因为无论从阿根廷还是从智利前往那里都同样近便。于是就这么办了。我请荷兰摄制组在蒙特港等我，同时与智利团队的一支分队约好，三天后在全国正中央的科尔查瓜谷地会面，而此刻，我和弗朗奇一道乘坐飞机前往布宜诺斯艾利斯。出行前几小时，在没有预先暴露身份的情况下，我打电话给《分析》杂志社，与女记者帕特里西娅·科列尔做了一次深度访谈，讲述了秘密潜入圣地亚哥的情况。离境两天后，采访见报，封面上有我的照片，文章标题带有一种罗马式的戏谑："利廷回来了，拍完电影了，又离开了。"①

为了让一切显得更加真实，克莱门西娅·伊绍拉开着自己的车把我和弗朗奇送到普达韦尔机场，与我们洒泪吻别，表演很是出彩。虽然我们尽量高调离境，但抵抗组织仍暗中

---

①源于恺撒大帝著名的胜利宣言"Veni, vidi, vici"，意思是"我来了，我看见了，我胜利了"。

保护,假如我们出关时被捕,抵抗组织的安全部门会向外界发出告急信号。这么做首先是为了知晓,机场是否有针对我们的监控。其次,一旦事后警方追查,将发现我们留下的出境记录,会相信目标已经离境。

入境布宜诺斯艾利斯时,我使用了自己的合法护照,因为没必要在一个友好国家做违法的事。然而在移民局窗口前掏出护照那一刻,我才意识到一个始料未及的问题:真护照上的照片是易装前拍摄的,看起来实在不像现在的我。我修过眉毛,秃顶面积也更宽了,还戴上了高度眼镜,很难辨认出是同一个人。别人也曾提醒过我,伪装成另一个身份和事后恢复本来身份一样困难,但在最应该琢磨这句忠告的时候,我却把它忘光了。所幸布宜诺斯艾利斯的移民官没认真端详我的脸,我才得以从这场理应扮演自己却不能自证的默剧中脱险。

抵达布宜诺斯艾利斯之后,弗朗奇要依照我的指示跟艾丽电话沟通余下工作的众多细节,还要提取她从马德里汇来的一笔钱款,以支付最后的花销。我俩在那里分别,计划几天后在圣地亚哥再见。我在阿根廷境内搭飞机前往门多萨,为的是预先考察智利那一侧的安第斯山麓。经由一条没有严控关卡的通道，可以轻易从门多萨重返智利。我独自一人，背着一台16毫米轻型摄影机，徒步前往智利那一侧的山麓，拍完了一切所需的镜头。回程时搭乘了智利的警务巡逻车，司机很同情我这位不知该如何返回阿根廷的乌拉圭记者。

我从门多萨南下，前往边境城市巴里洛切。一艘衰朽的破船塞满了从阿根廷、乌拉圭和巴西来的游客，以及返程的智利人，从巴里洛切驶向智利边境。这条航路上是一派白得刺眼的极地风貌，冰川绝壁雄阔，海面怒涛涌起。到蒙特港的最后一段航程要乘坐渡轮，极地寒风从碎裂的玻璃窗吹进来，声似狼嚎。舱内没什么地方能抵御骇人的寒冷，也不提供吃喝，连一杯热咖啡、一口酒也喝不上，什么都没有。不过我的判断是正确的。倘若智利机场警方已经查验了我的出境记录，就很难想象次日我将再度入境，并且是从远在圣地亚哥一千公里以外的边境小城。

快抵达边防检查站时，渡轮上一个职员收取了不下三百本护照，只匆匆扫视一遍，没盖入境章。不过，智利人的护照要对照着严禁入境的流亡者名单一一核对，那份长长的名单就贴在边检人员眼前的墙上。持他国护照的旅客则走在畅行无阻的边境通道上，我也身在其列，一切进展顺利，直到走到两个边检人员跟前。这两个人喝令开箱检查，因为他们穿着厚厚的极地外套，我起先没认出他们是警察。我观察到这是一道彻底的检查，可并不担心，因为我确信自己箱子里没带任何与假身份不相符的东西。然而，箱子刚一掀开，一堆"吉卜赛女郎"牌香烟空盒就冒了出来，散落一地，许多纸盒上写满了拍摄笔记。

来智利时我带足了"吉卜赛女郎"牌香烟，够我抽上两个月的。但我不敢随手丢弃那些硬纸烟盒，烟盒个儿大，在智利很显眼，容易成为警方追踪的线索。工作时抽完一盒烟，我就把空盒塞进口袋，久而久之分藏得到处都是，主要原因是上面有拍摄笔记。有段时期，衣柜里的所有外套兜里都揣着空烟盒，床垫底下、旅行包里，空烟盒遍布，看起来简直像某种戏法，而我脑子里总在琢磨能安全摆脱这些烟盒的办法。我就此落入了一种荒诞的焦虑状态，仿佛囚犯挖掘逃生通道，却不知把土藏在哪儿。

每次我整理行李准备换酒店时，都会自问，该怎么处理空烟盒。最后，我想不出比塞进行李箱更简便的方法了，万一在烧毁烟盒时被人撞见，可比收藏烟盒更加百口莫辩。我曾想过在阿根廷摆脱它们，但事情进展节奏太快，我甚至都没来得及打开行李箱。等到在南方边境不得不开箱，我匆匆从地上捡起一个个空盒时，惊恐地瞥见警察死死盯着我，脸上满是惊讶和怀疑。

"全是空的。"我说。

他们当然不信。年轻点儿的警察忙着检查其他旅客，那位岁数大一些的一个接一个地查看烟盒，翻来覆去地端详，想弄懂某些笔记是什么意思。我突然灵光一现。

"有时候我会写几句短诗。"我说。

他继续一声不吭地检查，最后望着我的脸，似乎想从我脸上揣测出什么线索，来解读空烟盒上高深莫测的奥秘。

"如果你想要，都送你。"我对他说。

"我要它们做什么？"他说。

于是，他帮我把烟盒收拢回箱子里，旋即检查后面的旅客去了。我当时犯糊涂，没想到应该当着警察的面把烟盒扔进垃圾桶，而是继续把它们留在身边度过余下的旅程。返回马德里后，我并没让艾丽将它们处理掉。我觉得自己跟这些空烟盒的联系太密切了，决定余生都把它们当作患难记忆的证物存留下来，放在怀旧的厨房中细细回味。

"为祖国的未来拍张照片吧"

荷兰组在蒙特港等我。选择蒙特港拍摄，不仅是因为难以言表的美景，还因为这一区域在智利近代史上具有特殊意义。这座城市是长期斗争的舞台。在爱德华多·弗雷政府时期，这里发生过一起异常残酷的镇压，造成执政联盟中的进步派脱离了政府。民主左派由此意识到，能否取得广泛的联合，不仅关乎自己阵营的命运，也牵系着整个国家的前途。自此，一场不可逆转的疾风骤雨般的巨变发生了，其高潮就是萨尔瓦多·阿连德当选为总统的时刻。

蒙特港拍摄完毕后，整个南方的拍摄计划也圆满结束了。荷兰组携带充足的素材取道巴里洛切，前往布宜诺斯艾利斯，将这批胶片带给身在马德里的艾丽；而我选择在一个怡人的夜晚，搭乘夜车只身前往塔尔卡。当晚没什么值得记录的，除了我把烤鸡原封不动地退回了餐车，因为鸡肉外皮太硬了，一刀也切不下去。在塔尔卡，我租了一辆车，驶向科尔查瓜谷地中央的圣费尔南多城。

在小城的武器广场上，任何一个地点、一棵树、围墙上的一块砖石，都能让我回想起童年。当然，除了这些，更令我怀旧的是小学的旧楼，我就是在那里学会了读写。我在一张长椅上坐下来，拍了些照片，或许可以在影片中穿插使用。广场上逐渐充满了上学的孩子们的欢闹声。有些孩子在相机前摆姿势，有些伸出手掌遮住镜头，一个小姑娘摆了几个舞蹈动作，姿势很专业，我情不自禁地请她在更合适的背景前再跳一遍。突然几个孩子坐到我身旁，对我说：

"为祖国的未来拍张照片吧。"

这句话一下子触动了我，因为它呼应了不久前我在"吉卜赛女郎"牌空烟盒上写下的一句话："我敢断言，每个智利人都对自己的未来充满期许。"尤其是孩子们这一代，他们无从了解祖国与现今不同的另一个时代，但这并不妨碍他们对自身的命运满怀信念。

我跟智利摄制组约定，上午十一点半在游击队员桥边见面。我准时到达右岸，看到摄影机已在对岸架好。那是一个晴朗的上午，四处弥漫着树丛间百里香的芬芳，在故乡，我从未像此刻这样气定神闲，流亡的痛楚也淡去了。此时，我已解掉另一个自己的领带，脱去英式西装，重新换上夹克和牛仔裤，还原成本来的我。离开布宜诺斯艾利斯后的两天，我很庆幸我没刮胡子，重新长回的胡子是我恢复本来身份的明证。

我意识到摄影师正从取景器里看我，于是走下车，慢慢走过桥面，让他们有时间拍摄，而后，在这些男孩子的热情和早慧的激励下，我逐一向所有人打招呼。他们年轻得让人难以置信——十五岁，十七岁，十九岁。小组负责人、导演里卡尔多年龄最大，二十一岁，其他人管他叫"老家伙"。几天以来，没有什么比获得他们的支持更让我感到振奋的了。

就在那里，大家倚着桥上的栏杆，拟定了拍摄计划，须臾便投入工作。应该承认，我当天的计划有些偏离了最初目标，更准确地说，是顺从了童年的回忆。我选择从记忆当中那座桥的形象开始拍摄。十二岁那年，正是在这座桥上，我被一群吵闹不休的表姐们推下水去，强行学习游泳。

不过，随着一天工作日程的展开，旅行的最初缘由重新凸显出来。圣费尔南多谷地是一片广阔的农业区，在人民团结政府时期，定居于此却一直沦为农奴的农夫们第一次享受到公民权。从前，这一区域是封建寡头的堡垒，寡头集团驱使形同臣仆的选民，操纵选举投票。在爱德华多·弗雷的基督教民主党执政时期，这里爆发了首次农民大罢工，萨尔瓦多·阿连德亲身参加了这次罢工。阿连德担任总统后，剥夺了寡头地主过分的特权，当地活跃而富于团结精神的农会也将农民们组织起来。如今，作为历史倒车的标志，中央谷地成了皮诺切特消夏别墅的所在地。

离开故乡前，不拍摄几段堂尼古拉斯·帕拉西奥斯[①]雕像的影像，那可不行。帕拉西奥斯写了一本不寻常的书，《智利种族》。作者在书中提出，远在巴斯克人、意大利人、阿拉伯人、法国人和德国人迁居智利的移民大潮前，地道的智利人是古希腊人的直系后裔，因此命中注定要被指派为领导拉丁美洲的霸权力量，展示真理与救赎世界之路。我出生的地方离那里不远，每天上下学总要习惯性地朝雕像瞟上几眼，但没人给我解释那是谁的雕像。皮诺切特是堂尼古拉斯·帕拉西奥斯最忠实的崇拜者，现已将这位学者从历史的遗迹中解救出来，在圣地亚哥市中心为他竖起了另一尊纪念碑。

黄昏时分我们终于完成了一天的拍摄，时间刚够在宵禁前赶回一百四十公里外的圣地亚哥。除了里卡尔多，摄制组全员就地解散，各自返程。里卡尔多把车开到海边，陪我兜了一大圈，逐个敲定次日取景地点。我俩陶醉在工作里，连

[①]尼古拉斯·帕拉西奥斯（Nicolás Palacios, 1854–1931），智利外科医生、作家，其著作《智利种族》一书首版于1904年。

闯四道警察岗哨都丝毫没觉得恐惧。不过，通过第一道岗哨后，我决定还是谨慎些，于是脱掉导演米格尔·利廷的便装，换上乌拉圭商人的行头。稍没留神，已临近午夜。等发觉时，宵禁已经开始半小时，我们顿时感到一阵惶恐。于是，我指挥里卡尔多驶离主干道，开车钻进一条土路——这条路我记忆犹新，仿佛昨天才刚走过。而后我指引他左转，过桥，再右转驶入一条漆黑的小巷。黑暗中，只能听到禽畜惊醒后嘈杂的叫声。我让里卡尔多熄灭车灯，顺着一条没铺柏油的土路往前开，沿途碰上好几个急转弯和陡坡。这座迷宫尽头，是一座沉睡的小村庄，躁动的犬吠吵醒了邻居院子里的所有禽畜。车子穿过全村，驶到村庄另一头，停在我母亲的家门前。

　　里卡尔多当时不相信，至今也不相信这不是早有预谋的方案。我发誓，真的不是那么回事。其实，当我意识到我们在违反宵禁，脑海中唯一的念头就是藏进一条僻静的小路挨到天亮，因为赶回圣地亚哥要通过四道检查站。驶离公路后，我才辨识出了童年时代常走的土路，桥那头的犬吠声，炉膛熄灭后的灰烬余味，而这一切，叫我无法遏制给母亲带来惊喜的鲁莽冲动。

"你一定是我儿子的朋友"

拥有四百户居民的帕尔米亚村，仍同我孩提时代一样，从未改变。我的祖父出生在巴勒斯坦的拜特萨侯尔，而我外公是个希腊人，名叫克里斯托斯·库库米德斯，两人都是在二十世纪初最早的那一批移民潮中来到此地，定居在火车站附近。如今，铁路已直接把圣地亚哥和海岸连通起来，而当时，帕尔米亚村唯一的重要性在于它曾是铁道线的终点。旅客们需要在此地转车，来往海滨的货物都要在此地装卸，因此形成了一种过境贸易，让这个地区繁荣一时。后来，铁道线延伸至海滨，这座车站就变成了给机车加水的必经之地，列车按规定只停靠十分钟，可实际停车时间动辄延长到一整天。列车从我那位阿拉伯祖母玛蒂尔德的房子前驶过，总要鸣笛，宣告火车进站。不过，那时的村庄在规模上跟现在没什么差别：仅有一条长街，街旁零零散散伫立着几栋屋舍；还有一条侧路，沿路的房子比长街上还要少些。从村庄再往下，有座叫拉卡雷拉的小镇，这地方全国闻名，因为家家户户都能酿出上好的葡萄酒，让往来路人免费品尝，请他们评比谁家的酒最好。因此，拉卡雷拉有一段时间成了全国醉鬼的天堂。

帕尔米亚村最早的一批画报是玛蒂尔德带来的，对于画报，她总是怀有一种无法满足的热爱。她还时常把房子对面的果园借给马戏团、巡回戏班和木偶艺人使用。每当我们这样的偏远孤村能放映几场电影，也总是选在这个园子里。五岁那年，正是在那里，我坐在祖母膝头观看了生平第一部电影，就此萌发了自己的终生志向。当时放映的是《十字军的复仇》①，其实，这部电影留给我的回忆倒不如说是恐惧，很多年之后我才搞清楚，挂在树中间的被单上怎么会出现飞奔的马匹和硕大的头颅。

我和里卡尔多当晚拜访的地方属于我的希腊外公，现在，我母亲克里斯蒂娜·库库米德斯住在这里，我的少年时代也在这栋房子里度过。房子修建时间极早，仍保持着智利农村的传统风格，有长长的走廊、阴暗的过道、迷宫般的房间、宽敞的厨房，再往里走是牲口棚和马厩。这片地方叫橘园，真的常年能闻到酸橘的气味，旁边还有一片满是九重葛和其他鲜艳花卉的园圃。

想到能跟母亲在老宅重逢，我心情激动，车还没停稳就

---

① 《十字军的复仇》(Genoveva de Brabante)，1964年意大利与西班牙合拍的电影。

一脚迈出了车门。我沿着空荡荡的走廊往里走，穿过阴影中的庭院，出来迎接我的只有一条呆狗，它在我腿间打转。我继续往前走，还是没发现一点人迹。每走一步，都能激活一段回忆，要么是下午的一个钟头，要么是某种已经遗忘的味道。长长走廊的尽头，我探头朝一间灯光昏暗的客厅里张望，我母亲就坐在房间里头。

这是很奇特的一幕。客厅很宽敞，屋顶高挑，四壁萧索，没什么家具，只有一把孤零零的扶手椅，而我母亲正坐在里面。她背对着门，旁边放着一只火盆，侧面还有一把同样的座椅，里面坐着她弟弟，也就是我的舅舅巴勃罗。两人都沉默不语，面带天真的表情愉快地注视着同一个地方，仿佛在看电视，但其实，对面不过是光秃秃的墙壁。我朝他俩走去，并没刻意轻手轻脚，可见到他们没反应，我便说：

"好吧，这里竟然没人招呼我，真见鬼。"

我母亲这才站起身。

"你一定是我儿子的朋友吧，"她说，"让我抱抱你。"

自从十二年前我离开智利，巴勃罗舅舅再没见过我。此时，他坐在椅子里，纹丝不动。我母亲去年九月在马德里跟我见过面，但起身拥抱时仍没认出我。于是我抓住她的双臂轻轻摇了摇,想让她从困惑中醒悟过来。

"好好看看我呀,克里斯蒂娜,"我望着她的眼睛,对她说,"是我呀。"

她再次定睛打量我,但还是没认出我来。

"不知道,"她说,"我不知道你是谁。"

"可你怎么会认不出我呢,"我说着,忍不住笑出声来,"我是你儿子米格尔。"

她再一次打量我,脸色变得惨白。

"天啊,"她说,"我快要晕倒了。"

我赶紧扶住她,免得她跌倒。巴勃罗舅舅也站起身,同样情绪激动。

"做梦也想不到还能再见你一面,"他说,"现在叫我立即去死也甘心了。"

我赶紧拥抱他。虽然他年纪仅比我大五岁,但已经满头白发,此时正裹着一条旧毯子,枯瘦得像只小鸟。他曾有过一次婚姻,自从离婚后就一直住在我母亲家里。他始终非常孤独,年少时看起来就很老成了。

"别瞎说了,舅舅,"我对他说,"别说什么现在就要死的傻话了。去拿瓶酒来,庆祝我回家吧。"我母亲像从前一样,突兀地打断我俩的谈话,仿佛收到了某种超自然的启示。

"我准备好了马斯图。"

要不是到厨房亲眼看见了烹调完毕的马斯图大餐,我都不肯相信她的话。这并非虚言。希腊人家只有在盛大节日期间才会做马斯图,因为料理工作费时费力。这道菜要放入炖羊肉,配上鹰嘴豆,还得加粗燕麦粉,有点类似阿拉伯人的古斯米。这是那一年我母亲头一回做马斯图,事前无缘无故,纯属灵光乍现。

里卡尔多和我们一起吃了晚餐,之后就去休息了,无疑是想给我们留点私人空间。不久,舅舅也休息去了,只剩下我和母亲一直聊到天亮。我们母子两人向来无话不谈,几乎像一对朋友,大概因为我俩年龄差距没那么悬殊吧。她十六岁就嫁给了我父亲,一年后生下了我,所以我还清楚记得她二十岁左右的模样,非常漂亮、温柔。她经常跟我玩耍,就好像我不是她儿子,而是她的一个布娃娃。

我此行归来,让她容光焕发,但我着装的新风格让她有些气馁,因为她一直喜欢看我穿工人装。"你看起来像个神父。"她对我说。我没跟她解释乔装的原因和入境智利的目的,她想当然地以为这是合法的。我宁愿不让她知道冒险行动的内情，免得她心中不安，当然，更重要的是，不想让她受到牵连。

天亮之前，她拉着我的手穿过庭院，也不告诉我原因，只是仿佛狄更斯小说里的场景一般秉烛照亮，稍后给我带来了此趟旅行中最大的惊喜。院子深处，是一间书房，格局与我流亡前圣地亚哥家中的书房一模一样，摆设也分毫不差。

军方最后一次查抄圣地亚哥旧居后，我和艾丽不得不带着孩子们逃往墨西哥。我母亲雇了一位熟识的建筑师，把圣地亚哥书房里的木板一片一片拆卸下来，再运到帕尔米亚村的家族老宅里，依照原样重建。从室内看来，仿佛我从未离开过。不但遗落的物品待在原处，混乱无序的样子也一仍其旧。我毕生的各类文稿都收藏在此：年轻时写的剧本、电影脚本大纲、场景设计图，等等。甚至连室内空气也是旧时颜色、旧时气味，以至于让我觉得回到了自己最后一次端详书房的那一天、那一刻。我心底打了一个寒战，因为那一刻我不敢确定，母亲分毫不差地还原了这一切，究竟是为了有朝一日我归来时不必想念旧居，还是为了万一我客死异乡能借此悼念。

第十章

警方助力,皆大欢喜

返回圣地亚哥，我们再次以身犯险。身边的包围圈越收越紧，种种迹象显而易见。"饥饿进军"大游行遭到了血腥镇压，警察殴打了摄制组的几位成员，砸毁了一台摄影机。因为工作关系常与我们打交道的人都认为，我们假装出境的计谋不会实现，甚至连克莱门西娅·伊绍拉也坚信，我们就像是无辜的圣徒踏进了狮穴。至于寻找那位持异见将军的努力，被那句永恒的回答"明天再联系"阻遏住了。当意大利组得到通知，获准于次日上午十一点到拉莫内达宫拍摄时，我们即处在如此紧张不安的精神状态之中。

让人不由得怀疑这是个致命的圈套。我自己愿意冒一切风险，没什么大不了，但贸然指派意大利摄制组进入总统府拍摄，却不清楚是否会让他们置身陷阱，这个责任过于重大。然而，摄制组成员明知有风险，还是决定负起责任，冒险前往。法国组已经没理由再待在圣地亚哥了。因此，我们紧急召开会议，敦促他们乘坐最早的航班离开智利，带上准备运往马德里的拍摄完毕的素材。在我指导意大利组拍摄皮诺切特总统府的当天下午，法国组起飞离境。

前往拉莫内达宫之前，我先把写给最高法院的信交给了弗朗奇。最近几天，我都把这封信放在手提箱里随身携带，迟疑着是否该寄出去。我请弗朗奇立即亲自邮寄，他照办了。我还把埃莱娜留下的紧急联络电话留给了他。十一点差一刻，弗朗奇开车把我放在神佑街的街角，我在那里跟意大利摄制组全员汇合，一起前往拉莫内达宫。最悖谬的是，这一次我脱掉了乌拉圭广告商的装束，穿上了牛仔裤和兔皮衬里的夹克。这是最后时刻所做的决定，因为格拉齐雅是记者，乌戈是摄影师，奎多是录音师，这些成员的背景早已经过彻底审查。但其助手，名字虽然也要列在拍摄许可申请书上，却不需要验明身份。这正解决了我的难题：我作为照明组助手，手提线缆和聚光灯，混进了总统府。

负责接待的三位青年官员态度亲和，他们轮流引导我们在府内各处游览。我们从容地拍摄了整整两天，力求技术上没有瑕疵。我们特意询问与建筑修复有关的方方面面，因为格拉齐雅针对托埃斯卡和智利的意大利风格建筑做足了功课，所以没人怀疑这就是影片唯一的主题。不过，军方也做了充分的准备。他们极有把握地向我们介绍府邸每个局部的意义和历史，以及跟建筑原样相比，做了怎样的修复；但他们也预备了喋喋不休的遁词和云山雾绕的话，缄口不谈一九七三年九月十一日的事件。说实话，修复工作还算忠实于原始图纸。他们封堵了几道门，另开了几道门，推倒了几堵墙，又改变了一些隔挡的位置，还封闭了莫兰德街八十号的大门——历届总统的私人访客原先都经由此门出入。改建的地方这样多，即便是了解旧官邸的人，如今在新总统府里也难免迷路。

当要求他们向我们展示《独立宣言》原件时，接待我们的官员似乎犯了难。这份文献原先一直保存在部长会议大厅里，我们知道原物已在轰炸中被焚毁。接待官员始终不肯承认这一点，而是要我们再填写一份特别拍摄申请，且一再告知申请要迟些才能获批，就这样一直拖延到拍摄结束。他们也没法说清堂迭戈·波塔雷斯用过的写字台被挪到什么地方去了。以往历届总统留下了不少遗物，可原本用来陈列文物的小型历史博物馆也在政变大火中付之一炬。或许，自奥希金斯总统以来，历届总统的半身像都难逃同样的噩运，尽管更流行的说法是，军政府为规避有朝一日被迫摆上萨尔瓦多·阿连德雕像的尴尬局面，索性把以往安置在走廊里的历届总统半身像统统撤走了。总之，深入游览总统府之后的印象是，为抹除殉难总统的所有痕迹，这里的一切都被彻底改造了。

在拉莫内达宫拍摄的第二日，大约上午十一点，我们突然感觉到空气中一阵不可见的骚动暗自酝酿，随后听见一阵急促的军靴声和金属器具的碰撞声。接待我们的官员神色骤变，生硬地命令摄制组关掉聚光灯，停止拍摄。两名便衣警卫毫不掩饰地立在我们面前，万一我们执意拍摄，他们就会出手制止。我们不知出了什么事，直至看见奥古斯托·皮诺切特将军本人走来。他面色铁青，体态臃肿，在一位军官和两位文员助手的陪同下，径直往办公室走去。这个照面来得突然，没给我们留下任何反应时间。皮诺切特走过去时没朝我们这边望一眼，但距离如此之近，能真切地听见他当时在说些什么：

"女人的话不能信，就算她们说的是实话。"

乌戈一下子愣住了，手指紧扣在摄影机的拍摄键上，仿佛眼睁睁错过了自己的目标。"如果当时有谁想刺杀他，"他稍后对我们说，"那再容易不过了。"虽然那天还剩三个多小时的工作时间，可我们当中谁都没有心思再拍下去了。

餐厅里的疯子

拉莫内达宫的拍摄任务一终了，意大利摄制组便携带剩下的所有素材，顺利出境。这样一来，我们总共拍摄了三万二千二百米长的胶片。

在马德里，经过为期六个月的后期剪辑，这些胶片最终浓缩为四个小时的电视片和两个小时的电影。

虽然原计划已大功告成，我和弗朗奇还是在圣地亚哥多待了四天，惦念着能与"通用电气"取得联系。按照对方在电话里的指示，两天之内，我每隔六小时来到指定的咖啡馆。我坐在那里，耐心静候，重读了一遍《消失了的足迹》——

那本我乘飞机时的护身符。让我久候的联络人终于来了，是个二十岁左右天使般的姑娘，穿着公馆女子中学那种矫揉造作的校服，在倒数第二个赴约时间赶来，传达了下一步指示：当天下午六点，在波塔雷斯街上有名的亨利之家餐厅见面，赴约时，我要手拿一份《信使报》和一本连环画杂志。

我迟到了几分钟，因为出租车遇到了街头游行队伍，无法前行。紧随塞巴斯蒂安·阿塞维多在康塞普西翁的自焚事件，一场新的反独裁和平抗议运动兴起。警察用高压水枪驱散示威人群，两百多名抗议者浑身湿透，但仍抵在墙壁上，无畏无惧，高唱爱的颂歌。虽然这场崇高的示威抗争让我深受感染，但我仍不得不遵照女学生的指示，赶到餐吧，坐在高脚凳上阅读《信使报》社论版。按约定，有人将靠近问我："您喜欢读社论版？"我应该回答说是。对方再问，为什么喜欢读？我再回话："因为有经济信息，对我的职业有帮助。"不久我就应当起身离开餐厅，门外会看到一辆等候我的汽车。

我把社论版从头到尾读了三遍，这时有人从我身后走过，并用胳膊肘在我腰上轻轻撞了一下。我在心里说："就是他了。"我看了看那人，是位大概三十岁的男子，肩背宽阔，正慢吞吞地往卫生间走。我想这可能是暗示，想让我跟他到卫生间那边接头，但我坐着没动，因为他还没说暗号。我一直留意着卫生间，直到那人出来，经过我背后，又像上次那样轻轻碰了我一下。于是我转过身，望着他的脸。那人长着酒糟鼻，嘴唇发紫，眉头有好几道伤疤。

"喂，"他说，"你过得怎么样？"

"好，挺好。"我对他说。

他在旁边的吧椅上坐下来，用熟络的口气跟我攀谈起来。

"你还记得我吗？"

"当然，朋友，"我顺着他的话往下说，"怎么能忘。"

就这样，我们的对话持续了几分钟，我动作明显地露出报纸，提醒他说暗号。但他没留意，仍旧坐在我身边，望着我。

"那么，"他开口道，"请我喝杯咖啡怎么样？"

"好啊，朋友，很乐意。"

我向服务生点了两杯咖啡，但他只在吧台上放了一杯。

"我点了两杯，"我说，"另一杯给这位先生。"

"哦，好，"服务生回答，"请稍等，很快就送来。"

"可你为什么不现在送来？"

"是的，"他说，"马上给他送来。"

但咖啡仍旧没来。更怪的是，我旁边的男子似乎并不在

意。遇上这种咄咄怪事,我不免紧张起来。那人把手搭在我肩上,对我说:

"我觉得你没认出我来,对吧?"

此时我决定摆脱他了。

"你看,"我告诉他,"说实话,我确实没认出来。"

他取出钱包,从里面掏出一角揉搓得很烂、已经发黄的剪报,在我眼前晃了晃。

"这就是我。"他对我说。

这时我才想起他是谁。这人是早先的一位拳击冠军,全城闻名,不过与其说是凭借过去的殊荣,倒不如说是因为他后来的精神失常。我决心在沦为众人关注的焦点以前离开,于是向服务生要求结账。

"那我的咖啡怎么办?"他说。

"您到别处喝吧,"我对他说,"我可以把钱留下。"

"谁要你的钱!"他说,"你认为他们把我打倒了,我落魄了,就连尊严都不要了?少跟我扯淡!"

他就这么大嚷大叫,于是周遭所有的目光都汇集到我们身上。我一把擒住拳击手粗壮的手腕,紧紧攥住。幸好我从父亲那里继承了一双樵夫般的大手。

"请你冷静一下,明白了吗?"说话时我盯着他的双眼,"一个字也别说了!"

我很走运,因为对方虽易激动,但镇静下来同样迅速。我赶紧结账出门,走入寒夜,乘坐碰到的第一辆出租车返回酒店。在前台,我收到了弗朗奇留下的紧急字条:我把你的行李送到了七二七号。无须解释。七二七是我和弗朗奇约好的暗号,指的是克莱门西娅·伊绍拉的家。弗朗奇仓促离开酒店,匆匆把我的行李箱带走,这一情况显然说明,抓捕我的包围圈已经要收网了。我赶忙离开酒店,换乘了几次出租车,每次都随机改换目的地。终于,见到克莱门西娅·伊绍拉时,她一如往常,从容安详,正坐在电视机前观赏一部希区柯克的电影。

"要么撤离,要么潜伏"

弗朗奇留给克莱门西娅·伊绍拉的口信说得很明白。当天下午,有两名便衣来酒店打听我们,还抄录了我们的入住登记卡。酒店门童把这事说给弗朗奇听,而弗朗奇佯装根本没当回事，说这是宵禁状态下的例行公事。随后，弗朗奇不慌不忙地办理了退房手续，又请门童帮忙叫一辆到国际机场的出租车，出发时跟门童握手告别，塞了一笔数目不菲的小费。但门童并不吃这套。"我可以帮您二位安排另一家酒店，叫他们永远找不着。"门童如是说。当然，弗朗奇觉得谨慎为妙，装作听不懂他的意思。

克莱门西娅·伊绍拉已经帮我拾掇出一间卧室，还特地遣散了女仆和司机，免得隔墙有耳，镜中有眼。等我的时候，她已经备好了一桌丰盛的晚餐。桌上摆了烛台，佐以上等葡萄酒，室内甚至回响着勃拉姆斯的奏鸣曲——勃拉姆斯是她最爱的作曲家。她有意将饭后的桌边闲话拖到很晚，直至深夜，仿佛在涉渡暮年生活令人懊丧的泥沼。她不甘心只把生命消耗在培养子女成为无聊的资本家，跟蠢笨的保姆玩卡纳斯塔纸牌，或坐在电视机前一边看催泪电视剧，一边织羊毛袜，最后了此残生。直到七十二岁高龄，她才发现自己真正的天赋是参与武装斗争，策划地下运动，沉醉于冒险事业。

"与其等肾脏溃烂，老死病榻，"她说，"我更愿意跟士兵巷战，饮弹牺牲。"

弗朗奇在次日早晨抵达，他租的车跟前几天不是一家公司的。他带来一条紧急口信，信息是从三条不同渠道传递给我的："要么撤离，要么潜伏。"所谓潜伏，等于要我躲藏起来，不能继续做任何事，这个选项不可想象。弗朗奇同意我的看法，况且他已经搞到了当天下午去蒙得维的亚的航班仅剩的两张机票。

这是最后的行动。前一晚，弗朗奇已经跟第一支智利摄制组结清了所有账目，并委派他们跟其他组结账。他还把最后三卷摄制好的胶片转交给抵抗组织的一位使者，托他们尽快运送出国。他们操作得很顺利，五天后我们抵达马德里时，艾丽早已收到胶卷。把胶卷送到家里的，是一位年轻而迷人的修女，艾丽说她简直像是圣女小德兰。不过，她不愿意留在家里吃午餐，因为她必须在当天上午完成其他三个秘密任务，且当晚就要返回智利。不久前，凭借一个不可思议的巧合，我才发现，她就是那位在圣地亚哥的圣方济各教堂跟我接头的修女。

只要还有一线希望采访"通用电气"，我就绝不离开智利。上次在餐厅，接头线索断了，于是那天清晨，趁着在克莱门西娅·伊绍拉家吃早餐的间歇，我又拨打了一次指定电话，电话里仍旧是那个女声，让我两小时后再打来，届时给我最终答复：行还是不行。于是我下定决心，就算在飞机起飞前一分钟找到了接头方法，我也要不计安危地留在圣地亚哥。如果还是没希望，我就只能飞往蒙得维的亚了。我已把能否采访看成一件事关荣誉的大事。假如不能用这次采访来胜利终结潜伏智利六周以来的种种幸运和不幸，会让我在精神上倍感痛苦。

但第二次通话还是同一个结果：两小时后再打电话。换言之，飞机起飞之前，还是存在两种可能性。克莱门西娅·伊绍拉坚持要送给我们一把拦路打劫用的那种左轮手枪，那是她丈夫生前一直藏在枕头底下用来吓唬小偷的。我们好说歹说才劝服她，配枪出行并不谨慎。与我们告别时，她简直以泪洗面。对我们的深情厚谊固然是一方面，但与冒险激情挥别的痛苦，才是更主要的原因。严格地说，我把另一个自己遗弃在那里了。我仅取出个人必需品，装进一只手提箱，而将带滑轮的行李箱留在了克莱门西娅·伊绍拉家。行李箱里塞着英式套装、印有假身份姓氏首字母的亚麻衬衫、意大利手织领带，以及另一个自己——我此生最讨厌的男人——出席奢华社交场合的种种道具。我只保留了一件他的东西，就是我身上穿的衣服，但三天后，我便有意把它丢在里约热内卢的一家酒店里了。

接下来的两个小时，我们全都花在了给孩子们和流亡在外的朋友们挑选智利的礼物上。我在靠近武器广场的一家咖啡馆里又打了第三次电话，再次获得相同的答案：两小时后再打来。但这次接电话的不是那位女士，换成了一名男子。他对上了正确的暗语，并告知我，假如下次打电话还是不能搭上线，那么两周内都没机会了。我和弗朗奇只好动身前往机场，想从那里打通最后一次电话。

交通路线被几处施工地阻断了，路线标识相当混乱，岔路很多且杂乱无章。我和弗朗奇非常熟悉通往洛斯塞里略斯旧机场的路，但普达韦尔新机场怎么走，我们就不大清楚了。不知怎么搞的，我们竟然迷失在鳞次栉比的工业区里，绕了很多圈子，尝试了各个出口，一直沿错路走，却没注意到方向反了，直到一辆军警巡逻车拦住了去路。

我下了车，决定迎上前去。而弗朗奇不肯浪费他巧舌如簧的本领，一番辞令将警察说倒，不给他们一丝喘息的机会来起疑心。他迅速即兴编造了一套天花乱坠的说辞，告诉警察，我们是来跟通信部签协议的，准备在智利建一个通过卫星传输的全国交通监控网；他还制造了点戏剧性的风险：假如半小时内赶不上飞往蒙得维的亚的飞机,全部计划都得泡汤。最后,因为弄得一团乱,所有人都说不清直通机场高速的正确路线,两名警察索性跨上巡逻车,在前面给我们领路。

两个寻找作者的非法旅客①

于是乎,警车拉响警笛、闪着红灯在前面开道,我们驾车以每小时一百多公里的速度一路疾驰,赶到了机场。弗朗奇冲到赫兹租车公司的专柜办理退车手续,我则跑到电话亭,当日第四次拨出了同样的号码。电话占线,我连拨了两次,第三次才接通,但我错失了宝贵的时机,接电话的女人听不懂暗语,愤怒地挂了电话。我急忙再拨,前一次那位男子的声音从电话那头传来,话音轻柔和缓,但似乎毫无希望。正像他此前所说的,两个星期之内都没有机会了。我挂上电话,气急败坏,此时距离起飞只剩半小时了。

我跟弗朗奇约定,他去赫兹租车公司结账时,我先办移

---

① 这一小标题戏仿了意大利小说家、剧作家皮兰德娄的戏剧作品《六个寻找剧作家的角色》。

民局出境手续，万一我在出境时被捕，他则可脱身去最高法院告急。但最后一刻，我改了主意，决定在出境检查窗口对面几乎空无一人的房间里等他。他耽搁得太久了，超出了正常情况，我拎着手提箱，身旁还放着两个旅行箱以及大大小小的礼品袋，随着时间推移，愈发惹人侧目。机场广播里传来一个女声，最后一遍通知前往蒙得维的亚的旅客登机，听那声音，似乎比我还焦急。情急之下，我把弗朗奇的箱子塞到一个行李搬运工手里，又给他一张大额钞票，嘱咐道：

"把这只箱子拉到赫兹租车的柜台，告诉那位正在结账的先生，要是他不马上赶来，我就登机了。"

"您自己去找吧，"他对我说，"那样更简单。"

我只好向一位负责在入口处检查旅客的航空公司女职员求助。

"请帮个忙，"我对她说，"再等我两分钟，我要去找一位朋友，他正在付租车钱。"

"还剩十五分钟。"她说。

我一口气冲到租车柜台，也顾不上举止风度了。焦虑让我丧失了另一个自己的迟缓稳重，再次变回了那个一贯冲动的电影导演。此前数小时的谋划、精确入微的设计、仔仔细细的彩排,两分钟之内就原形毕露。我找到弗朗奇了,他正异常镇静地跟一个职员就汇率问题讨价还价。

"真是胡闹!"我对他吼道,"别管多少,赶紧付钱,我在飞机上等你。我们只剩五分钟了。"

我竭力让自己平静下来,快步走到出境检查窗口。移民局官员翻看了护照,抬头盯着我的眼睛。我也同样回看他。然后,他对比护照照片,再次端详我,两人目光交汇。

"去蒙得维的亚?"他问我。

"对,回家,享受老妈的厨艺。"我说。

他望了一眼墙上的电子钟,说:"蒙得维的亚的航班已经起飞了。"我坚持说不会,于是他跟智利国家航空公司的女职员求证,后者证实舱门的确没关,她正在等我们登机。此时只差两分钟了。

移民局官员在护照上盖章,微笑着递还给我。

"旅途顺利。"

我刚走出出境检查口,就听到机场广播正用最大音量呼唤我的假名。我想这下全完了,从前以为只会发生在别人身上的倒霉事,此时却无法挽回地落在了自己头上。脑海闪过这些念头时,心里却有一丝如释重负的奇异感觉。然而,用广播叫我的人其实是弗朗奇,因为他的登机牌被我夹在证件里带过来了。我只好再跑到出口,请求刚才那位在我护照上盖章的官员允许我把登机牌递过去,而后拖着弗朗奇通过了检查口。

我俩是最后登机的乘客。我们行色匆匆,没想到竟一步步重演了十二年前我登机逃往墨西哥的旧事。我俩在仅有的两个空座上坐定。此刻,这段旅程中最为矛盾的感受在我心中涌起。我一面悲伤至极,愤怒不已,再次经历着难以承受的流亡之痛,但一面也深感宽慰,因为参与这场冒险之旅的所有人都安然无恙。谁知机舱广播里传出了一条意想不到的通知,迅速把我拉回了现实:

"请所有旅客拿出机票,现在进行检查。"

两名便衣站在机舱前面,可能是航空公司安全员,也可能是政府特工。我坐飞机的经验不少,知道最后一刻验证登机牌号、核对登机情况不是什么稀罕事。但这还是头一回碰上要乘客出示机票的情况,我心里不由得冒出不祥的联想。我焦虑不安,只能与身旁分发糖果的空姐搭话,在她一对迷人的绿色眼眸中寻找避难所。

"小姐,这实在太反常了。"我对她说。

"唉，先生，我该怎么跟您解释呢，"她说，"这些事我们也做不了主。"

弗朗奇一贯是身处窘境也忘不了开玩笑，他问空姐是否会在蒙得维的亚过夜。她用同样的口吻回答说，那得问问她丈夫了，他碰巧是这架航班的副驾驶。而我呢，在另一身份背后躲躲闪闪的羞辱感，一分钟也忍受不下去了，内心有股冲动，想起身朝迎面走来的检查员大喊："全都给我滚！本人就是电影导演米格尔·利廷，克里斯蒂娜和埃尔南的儿子，你们谁也无权阻止我在自己的祖国用自己的姓名、自己的面孔正常生活！"但遭遇现实之际，我还是不知不觉地躲藏到另一个自己的护身铠甲之下，尽量不动声色地递出机票。检查员瞧都没瞧就还给了我，甚至没扭头瞥我一眼。

五分钟后，飞机越过被夕阳染成玫瑰色的安第斯山脉，我意识到，刚刚度过的六个星期，虽然并非如我初到智利时所预想的那样，是我一生中最英勇的时光，但更为重要的是，这是我一辈子最值得的六个星期。我看了看手表：下午五点十分。这个时候，皮诺切特正带着他的随从们，走出办公室，慢悠悠地穿过空寂的长廊，踩着铺设了地毯的华贵阶梯下到一楼，却没料到身后拖着我们给他装上的三万二千二百米长

的驴尾巴。我还怀着深刻的感激之情忆起埃莱娜。这时,那位生着碧色眼眸的空姐给我们端上两杯迎宾的鸡尾酒,主动透露给我们说:

"他们以为飞机上混入了一个非法旅客。"

我和弗朗奇双双举杯,向她致意。

"其实是两个,"我说,"干杯!"

LA AVENTURA DE MIGUEL LITTÍN, CLANDESTINO EN CHILE
by GABRIEL GARCÍA MÁRQUEZ
© GABRIEL GARCÍA MÁRQUEZ, 1986,
and Heirs of GABRIEL GARCÍA MÁRQUEZ
All Rights Reserved.

图书在版编目(CIP)数据

米格尔在智利的地下行动 / (哥伦)加西亚·马尔克斯著；魏然译. -- 海口：南海出版公司，2019.7
 ISBN 978-7-5442-7700-6

Ⅰ. ①米… Ⅱ. ①加… ②魏… Ⅲ. ①纪实文学－哥伦比亚－现代 Ⅳ. ①I775.55

中国版本图书馆CIP数据核字(2019)第084216号

著作权合同登记号　图字：30-2017-154

米格尔在智利的地下行动

〔哥伦比亚〕加西亚·马尔克斯 著
魏然 译

出　　版	南海出版公司　(0898)66568511
	海口市海秀中路51号星华大厦五楼　邮编 570206
发　　行	新经典发行有限公司
	电话(010)68423599　邮箱 editor@readinglife.com
经　　销	新华书店
责任编辑	黄宁群
特邀编辑	吕宗蕾　郑小希
装帧设计	韩　笑
内文制作	田晓波
印　　刷	山东鸿君杰文化发展有限公司
开　　本	850毫米×1168毫米　1/32
印　　张	6.5
字　　数	95千
版　　次	2019年7月第1版
印　　次	2019年7月第1次印刷
书　　号	ISBN 978-7-5442-7700-6
定　　价	49.00元

版权所有，侵权必究
如有印装质量问题，请发邮件至 zhiliang@readinglife.com